Angelika Coppers · Lotte Sturm

Eifelmärchen

E.G. LÜTTGAU VERLAG

E.G. LÜTTGAU VERLAG

Auf Erschberg 51 · 53945 Blankenheim
info@eg-luettgau-verlag.de · www.eg-luettgau-verlag.de

Herausgeber: Ernst Lüttgau
Märchen: Angelika Coppers
Ilustrationen: Lotte Sturm · www.lottesturm.de
Layout & Satz: Billaudelle - Agentur für Medien, Design und Illustration
www.billaudelle.de
Druck: Print Consult GmbH

ISBN 978-3-929721-16-4

Angelika Coppers · Lotte Sturm

Eifelmärchen

Lotte Sturm

Nach rund 30-jähriger Tätigkeit als Museumspädagogin im Clemens-Sels-Museum Neuss und als Dozentin der Neusser Volkshochschule, wendet sich Lotte Sturm ab 2000 ausschließlich der eigenen künstlerischen Arbeit zu. Die Zeichnerin bevorzugt pflanzliche Themen sowie Illustrationen. Lotte Sturm, geboren in Wuppertal, lebt und arbeitet in Neuss.

Angelika Coppers

Angelika Coppers, 1961 in Goch am Niederrhein geboren, lebt heute mit ihrem Mann und ihren zwei Kindern in Blankenheim in der Eifel.

Märchen waren ihre ständigen Begleiter und so begann sie 1989 eine dreijährige Ausbildung zur Märchenerzählerin. Langsam aber stetig dehnte sich die Erzählertätigkeit zunächst nur hobbymäßig aus. Seit drei Jahren ist sie nun freiberuflich als Märchenerzählerin tätig.

2005 gründete sie eine Märchenbetrachtungsgruppe, die sich heute noch regelmäßig trifft, um den Märchen zu lauschen und sich selbst darin zu erkennen.

Nach Abschluss ihrer Ausbildung zur Märchenmeditationsleiterin 2009 gründete sie in Blankenheim eine Gruppe, in der die Teilnehmer/innen dem Märchengeschehen und sich selbst noch intensiver begegnen können.

Vorwort

Poetisch und heilsam

Schon wieder ein neues Buch mit Sagen und märchenhaften Legenden aus der Eifel? Nein. Dieses Werk von Angelika Coppers aus Blankenheim ist etwas Neues, Unverwechselbares. Es ist intelligent, poetisch, emphatisch und heilsam. Mit anderen Worten: Es ist märchenhaft schön und mit Bereicherung zu lesen. Bereichernd und heilsam nicht nur für den Geist, sondern auch für die Seele ...

Es ist keine Anthologie im hergebrachten Sinn mit bunt gemischten Einzelgeschichten. Es verfügt über eine phantasievoll gesponnene Rahmenhandlung, nimmt Leserin und Leser als Wanderer gleichsam an die Hand und führt sie durch nahezu sämtliche Ecken der Eifel. Es macht Sie nicht nur mit dem bekannt, was Sie ohnehin schon kennen, sondern es macht Sie vertraut mit Land und Leuten, Empfindungen und Lebensweisheiten.

Die Weisheit, recht zu leben, zu lieben und zu handeln, kleidet Angelika Coppers, Jahrgang 1961, im wahrsten Wortsinn in den Mantel heilsamer Kräuter und Pflanzen. Man begegnet unter anderem dem Spitzweg Erich, dem Wiegenglöckchen, Moormumpfen und Moosmännchen, Federleicht und Kürbisschwer, dem Veilchen Viola, Beinwell und Beifuß, den drei Blumen vom

Aremberg, dem Tannenbäumlein, der Brennnessel, den Wacholdriern und natürlich dem unverwüstlichen Eifelgold.

Dabei gibt die in Goch am Niederrhein geborene und heute mit Mann und zwei Kindern in Blankenheim lebende Autorin und ausgebildete Märchenerzählerin den Pflanzen charakteristische Wesenszüge und Eigenschaften, die den handelnden Personen wie der Leserin, dem Leser in der für Märchen charakteristischen Art und Weise den Weg zu rechten Einsichten und verantwortlichem Handeln aufzeigen.

Das gelingt Angelika Coppers trotz der mitschwingenden metaphysischen, esoterischen, ja religiösen Ebene nicht ohne Humor, aber ohne erhobenen Zeigefinger. Und das in einer poetischen Erzählweise, die sich zur erbaulichen Lektüre von Erwachsenen ebenso empfiehlt wie zum Vorlesen und Nacherzählen für junge Menschen.

Illustriert ist das Buch mit sehr schönen, zurückhaltend und sanft kolorierten Zeichnungen von Lotte Sturm, der früheren Museumspädagogin im Clemens-Sels-Museum Neuss und Dozentin der Neusser Volkshochschule.

Dem Verlag E.G. Lüttgau gratuliere ich zu der Entscheidung, das Werk herauszubringen. Ihnen wünsche ich eine in jedem Fall unterhaltsame, mitunter auch spannende und fesselnde Lektüre, die als poetisches Heilkraut wie Balsam für Ihre Seele wirkt ...

Manfred „Manni“ Lang

Begleitwort

Liebe Leserin, lieber Leser,

Sie halten ein Buch in den Händen, das Sie in eine Anderswelt der Märchen entführt. Es ist geschrieben von einer Frau, die diesen Zugang gefunden hat und ihn mit Leib und Seele beschreitet.

Ich habe Frau Coppers vor fünf Jahren in meinem Märchenzentrum als lebendige Erzählerin alter Volksmärchen kennen gelernt und darf sie seitdem auf ihrem Märchenweg begleiten. Immer wieder schaffte sie es, alle mit ihrem einfühlsamen Erzählstil zu verzaubern. Genauso ist es mir ergangen, als ich ihre Märchen gelesen habe.

Sie schöpfte aus ihrer ureigenen Märchenquelle und bettete das Geschehen mit viel Phantasie in die Eifel, deren Flora, Brauchtum und Geschichte, ein.

Durch ihre Märchen gibt Frau Coppers den Personen, Orten und Pflanzen eine besondere Bedeutung und lenkt somit die Achtsamkeit beim Leser auf das Wesen, das ihnen inne wohnt.

Ich wünsche ihr viel Erfolg und bin mir sicher, dass dieses Märchenbuch Einkehr in viele Herzen findet und Balsam für die Seele sein wird.

Edeltraud Galitschke
Märchenzentrum Sterntaler Rastatt

Inhalt

Eifelgold

Einst, als die Eifel noch ohne Farbe war, machte sich ein Wanderer aus einem fernen Land auf den Weg. Er hatte von einer schönen Landschaft gehört, die man Eifel nannte. Rau seien die Winde dort, nasskalt das Wetter, lang und kalt die Winter, aber wunderschön die hügelige Landschaft, die anders als in der Stadt den Augen weite Ebenen biete.

Er war nun schon viele Wochen unterwegs, da wehte ihm ein rauer Wind ins Gesicht und die Landschaft wurde hügelig. Er konnte seinen Blick in die Ferne schweifen lassen. Überall sah er Felder und Wälder. Ab und zu kam er an einem Gehöft vorbei und hin und wieder sah er kleine Ansiedlungen mit Häusern. Da traf er einen Bauern, der auf dem Feld Weizen säte. Der Wanderer grüßte ihn recht freundlich. „Guten Tag, junger Mann“, erwiderte der Bauer, „wohin des Weges?“ „Ich suchte die Eifel“, antwortete der Wanderer, „und ich habe sie hier gefunden. Hier weht der Wind so rau, hier muss sie sein.“ Plötzlich verfinsterte sich das Gesicht des Bauern und er sprach: „Nein, hier ist die Eifel nicht. Um dorthin zu kommen, musst du noch mindestens drei Tage weiter in Richtung Norden gehen.“

Den Worten des Mannes Glauben schenkend, ging der Wanderer weiter in Richtung Norden. Er durchstreifte Felder und Wälder und stillte seinen Durst an zahlreichen Quellen. Am dritten Tag peitschte ihm der Regen ins Gesicht. Zum Glück fand er Unterschlupf in einer Hütte, die am Wegesrand stand. Da trat eine alte Frau in die Hütte, grüßte ihn freundlich und fragte: „Wohin führt

dich dein Weg, junger Mann?“ „Ich suchte die Eifel und ich glaube, ich habe sie gefunden, denn nirgendwo peitschte mir der Regen so hart ins Gesicht wie hier.“ Das Mütterchen schaute ihn plötzlich ganz grimmig an und sprach: „Nein, du hast die Eifel noch nicht gefunden. Um dorthin zu kommen, musst du mindestens drei Tage in Richtung Süden gehen.“ „Aber“, erwiderte der Wanderer erstaunt, „da komme ich her. Ein Bauer sagte mir dort, ich müsse drei Tage in Richtung Norden wandern, um die Eifel zu finden. Und nun bin ich hier.“ „Dann hast du dich eben verirrt“, meinte die alte Frau. „Glaube mir, du musst drei Tage in Richtung Süden wandern und du bist in der Eifel.“ Damit verließ sie die Hütte.

So kehrte der Wanderer wieder um und lief in Richtung Süden. Dort aber erhielt er auf seine Frage, wo die Eifel sei, wieder die Antwort, dass er in Richtung Norden wandern müsse, und im Norden sagte man ihm abermals, er solle in Richtung Süden gehen. So lief er viele Male hin und her, versuchte es auch in Richtung Osten und Westen, aber wo er auch fragte, überall hörte er nur: „Hier ist die Eifel nicht.“ Bald wusste er nicht mehr, wohin er sich wenden sollte und war ganz verzweifelt. Da sah er eine alte, knorrige Eiche, und weil er müde war, setzte er sich unter den Baum. „Ach“, seufzte er, „ich habe die Eifel gesucht und gesucht, ich kann sie nicht finden.“ Mit diesem Gedanken schlief er ein.

Um Mitternacht wurde er von einem leisen Kichern geweckt. „Schon wieder ist jemand auf der Suche nach der Eifel und kann sie nicht finden“, sagte eine etwas knorzige Stimme. „Wenn er nur wüsste, dass er schon die ganze Zeit in der Eifel ist.“ Der Wanderer öffnete vorsichtig die Augen und sah zwei runzelige, kleine Männlein, die sich vor Lachen den Bauch hielten. Das waren die beiden Baumgeister Knurz und Wurz. Schnell stellte er sich wieder schlafend, lauschte aber gespannt der Unterhaltung. „Warum sagt man ihm denn nicht die Wahrheit?“, fragte Knurz. „Weil die Menschen, die hier wohnen, keine Eifeler sein wollen und ihr Land nicht lieben“, entgegnete Wurz. „Was kann er denn machen?“, wollte Knurz wissen und Wurz antwortete: „Beim nächsten Mal, wenn er einen Menschen trifft, soll er singen:

Über das Murren der Leute soll er hinwegsehen. Er soll nicht hinhören, sondern singend seinen Weg fortsetzen.“ „Da muss er aber viel Mut und Ausdauer haben. Die Menschen werden ihn vielleicht sogar fortjagen“, meinte Knurz. Daraufhin erwiderte Wurz: „Ja, Mut und Ausdauer muss er haben.“ „Kann ihm denn niemand helfen?“, überlegte Knurz. „Nein“, meinte Wurz, „er muss es ganz allein tun. Nur eine Hilfe gibt es. Wenn er unter der alten Eiche gräbt, wird er ein Säckchen mit Goldsamen finden. Von diesem Samen soll er jedes Mal ein wenig verstreuen, wenn er einem Menschen begegnet. Dann wird die Eifel bald in Gold erstrahlen und die Menschen werden ihr Land lieben und stolz darauf sein.“

Als der Wanderer am nächsten Morgen erwachte, erinnerte er sich an das Erlebnis in der Nacht. Es kam ihm gar sonderlich vor und er musste lachen, denn er dachte, es sei ein Traum gewesen. Dann aber schaute er hinauf zur alten Eiche und sagte sich: „Was kann es schaden, wenn ich ein wenig unter der Eiche grabe“, und er machte sich an die Arbeit. Und siehe da, er hatte noch nicht lange gegraben, so fand er ein Säckchen, und als er es öffnete, blitzte ihm der goldene Samen entgegen. Nein, nun gab es keinen Zweifel mehr. Was er in der Nacht erlebt hatte, war kein Traum. Einen kurzen Augenblick überlegte er, ob er den Samen für sich behalten sollte, aber die Menschen und die Landschaft waren ihm ans Herz gewachsen, so dass er ihnen helfen wollte. Sogleich machte er sich auf den Weg, und als er einen Bauern auf dem Acker sah, fasste er all seinen Mut zusammen, grüßte ihn ganz freundlich und begann mit leiser Stimme zu singen:

Grün ist die Eifel im Frühling
Gold ist die Eifel im Sommer
Rot ist die Eifel im Herbst
Weiß ist die Eifel im Winter
Weiß, rot, gold und grün, so wird die Eifel erblühn

Es kam, wie das alte, runzlige Männlein gesagt hatte. Der Bauer blickte ihn grimmig an und begann ihn zu beschimpfen. Der Wanderer kümmerte sich nicht darum, nahm etwas von dem Goldsamen und verstreute es am Wegesrand. Als er den zweiten Bauern auf dem Felde sah, sang er schon etwas mutiger, aber wieder wurde er gescholten. Der dritte Bauer jagte ihn fort. Der Wanderer jedoch war beharrlich und mit der Zeit begann es ihm Freude zu machen, Samen zu verstreuen. So wanderte er eine ganze Weile singend durch die Eifel, ließ sich beschimpfen und fortjagen und kam am Ende wieder dort aus, wo er den ersten Samen verstreut hatte. Und siehe da, aus dem Samen war ein prächtiger Strauch geworden, der seine Blüten goldgelb erstrahlen ließ. Als er in sein Säckchen schaute, war es leer. Die Menschen aber, denen er begegnet war, erkannten ihn wieder, strahlten ihn an und sangen nun ihrerseits:

Grün ist die Eifel im Frühling
Gold ist die Eifel im Sommer
Rot ist die Eifel im Herbst
Weiß ist die Eifel im Winter
Weiß, rot, gold und grün, so soll die Eifel erblühn

Seit dieser Zeit sind die Eifeler stolz auf ihr Land und sagen jedem Wanderer, der nach dem Weg in die Eifel fragt: „Du bist schon angekommen! Hier ist die Eifel!“, und dabei strahlen sie glücklich. Sie sind dem Wanderer dankbar, denn überall, wo ein goldener Samen in die Erde fiel, wuchs ein prächtiger Strauch mit goldgelben Blüten. Weithin strahlt das Gold der Sträucher über die Lande und es ist überall als Eifelgold bekannt.

Der Wanderer war sehr glücklich, dass er den Menschen hatte helfen können stolz auf ihr schönes Land zu sein. Und da es ihm dort selbst so gut gefiel, wollte er die Eifel noch lange nicht verlassen. Er spürte, dass noch viele Abenteuer auf ihn warteten und machte sich sogleich auf den Weg in Richtung Südwesten. Er ging über Wiesen und Felder, durchstreifte so manche Wälder und nahm immer wieder ein paar tiefe Atemzüge voll Eifelluft. Sie war so rein und klar. Wunderbar! Er war gespannt und neugierig darauf, was ihm noch alles begegnen würde. Nun war er schon viele Tage unterwegs. Er wusste nicht wie lange, denn er hatte jedes Gefühl für die Zeit verloren. Es war auch nicht wichtig, denn er hatte keine Eile. Wenn er müde war, legte er sich ins Gras, wenn er hungrig war, nahm er von den Früchten der Natur. Auch fand er immer wieder einen freundlichen Eifeler, der ihn erkannte und zum Essen einlud. Es war ein herrliches Leben.

Eines Tages schmerzten ihn seine Füße gar sehr, und bald konnte er keinen Schritt mehr gehen, obwohl er doch ein recht erfahrener Wanderer war. „Komm, setz dich zu mir, ich will dir etwas erzählen", rief ihm jemand zu. Er schaute sich um, konnte aber niemanden sehen. Endlich merkte er, dass die Stimme aus der Wiese kam, auf der er stand. Er bückte sich und sein Blick fiel auf ein paar spitz geformte, kräftige Blätter mit dicken Adern, die sich trotz der Windstille hin und her bewegten. Der Wanderer musste an die beiden Baumgeister denken, die ihm im Traum geraten hatten unter dem Baum zu graben und deren Rat er vertrauensvoll befolgt hatte. „Knurz und Wurz", rief er „seid ihr hier?" „Nein", antwortete die etwas raue Stimme. „Knurz und Wurz sind Baumgeister. Sie wohnen nicht so wie wir im Spitzwegerich." Die Blätter schaukelten lustig hin und her. „Wer seid ihr dann?", wollte der Wanderer wissen. „Ich bin der Elf Erich. Du bist nun weit im Westen der Eifel angekommen und deine Füße sind sehr müde geworden. Daher ist es an der Zeit, dass ich dir erzähle, was sich hier vor vielen Jahren zugetragen hat. Setz dich zu mir."

Der Wanderer folgte nur zu gerne der Einladung, setzte sich und lauschte den Worten des Elfs Erich.

Der Spitzwegerich

Weit, weit im Westen der Eifel lebten einst ein Mann und eine Frau. Sie hatten nur einen einzigen Sohn, dem sie den Namen Erich gegeben hatten. Er war ein recht unglücklicher Junge. Er hatte immer nur Pech. Schickte die Mutter ihn in den Stall Eier zu holen, so wusste sie bereits, dass mindestens ein Ei zerbrechen würde. Ständig war es ihr Junge, der mit Löchern in den Hosen heimkam. Und auch er war es, der die Milch am Tisch verschüttete oder Teller auf den Boden fallen ließ. Nichts wollte ihm gelingen. Das, so glaubten die Menschen, läge an seinen Füßen, die sehr ungewöhnlich waren. Sie waren in der Tat recht sonderbar. Lang und spitz waren sie und es gab keinen Schuster, der in der Lage war ein Paar passende Schuhe für diese Füße anzufertigen. So lief der Junge immer barfuß, selbst mitten im Winter, wenn es bitterkalt war.
Als der Junge, den alle nur Spitzfuß nannten, vierzehn Jahre alt war, beschloss er aufzubrechen und sein Glück zu suchen, denn irgendwo musste es sich wohl versteckt haben. Er ging zu seinen Eltern und sprach: „Ich will mich aufmachen und mein Glück finden." Die Eltern sahen ein, dass dies wohl der beste Weg war, segneten ihren Sohn und ließen ihn ziehen. So machte sich Spitzfuß auf die Wanderschaft. Dabei folgte er immer nur den schmalen, spitzen Wegen. Es war als wollten seine Füße keine anderen Wege gehen. Auch lief er stets am Wegesrand entlang, denn er liebte es die zarten Gräser unter seinen Füßen zu spüren. Die kleinen Elfen, die in den Gräsern tanzten, freuten sich darüber und sie fanden die Füße des Jungen so hübsch, dass sie ihm zu Ehren Samen für ein Kraut webten, das wie die Füße des Jungen aussah.

Den Samen zauberten sie unter die Füße des Burschen und überall, wo Spitzfuß nun die Erde berührte, fiel etwas von dem Samen ab und so verbreitete sich die neue Pflanze in Windeseile. Spitzfuß merkte von all dem nichts. Er lief immer weiter und weiter und hielt Ausschau nach seinem Glück.

Plötzlich blieb er erschrocken stehen. Der spitze, lange Weg war zu Ende. Er stieß auf einen breiten Weg. Was sollte er jetzt tun? Wollte er weiterhin dem schmalen Weg folgen, so musste er umkehren. Das wollte er auf keinen Fall, aber einen breiten Weg betreten – nein, das konnte er sich auch nicht vorstellen.

Nun stand genau dort, wo der schmale Weg auf den breiten stieß, ein Apfelbaum. „Hier werde ich erst einmal ausruhen", dachte er. Erschöpft und ohne zu wissen, wie es weitergehen sollte, sank er unter den Apfelbaum.

„Ach, was bin ich nur für ein Pechvogel. Für mich gibt es einfach kein Glück auf dieser Erde", dachte er und schon fiel ihm ein Apfel, der überreif war, auf den Kopf, so als wollte der Baum sagen: „Ja, du hast recht, du hast einfach immer Pech; für dich gibt es kein Glück." Traurig schaute Spitzfuß auf den Apfel, der im Gras lag und da erblickte er direkt neben dem Apfel eine Pflanze, die er zuvor noch nie gesehen hatte. Die Blätter waren genauso spitz und lang gewachsen wie seine Füße. Unscheinbar stand sie am Wegesrand. Spitzfuß fühlte sich seltsam angezogen von der Pflanze. Es war, als lachte sie ihm zu. Die kleinen Elfen aber freuten sich, dass Spitzfuß die Pflanze endlich entdeckt hatte.

Lange betrachtete er die starken Blätter mit den dicken Adern und den Blütenstängeln, die sich kerzengerade in die Höhe streckten. Spitzfuß tat es den Stängeln nach und streckte sich in die Höhe. Oh, wie schön fühlte es sich an. Dann fiel sein Blick noch einmal auf die dicken Adern der Blätter und er fing an zu zählen: eins,

zwei, drei, vier, fünf bei diesem Blatt – eins, zwei, drei, vier, fünf, sechs, sieben bei jenem Blatt - eins, zwei, drei beim nächsten und wieder eins, zwei, drei, vier, fünf wie beim ersten Blatt. “Gibt es nur Blätter mit einer Anzahl ungerader Adern?“, fragte er sich. Aufgeregt suchte er weiter. Und endlich fand er ein Blatt mit sechs Adern. „Du gehörst nicht hierher“, dachte er laut und wollte es herauszupfen. Die Elfen hatten aber genau in dieses Blatt das Glück gewebt. Als Spitzfuß es abbrach, konnte sein Glück endlich herausströmen und in den Jungen hineinfließen. Sehen konnte man das Glück nicht, es ist für menschliche Augen unsichtbar. Nur die Elfen sahen die vielen funkelnden Sternchen, die zu Spitzfuß hinüberhüpften. Er fühlte sich plötzlich ganz anders. Ein Gefühl, das er bisher nicht gekannt hatte. Freudig stand er auf und dachte: „Ach, warum soll ich nicht einmal einen breiten Weg ausprobieren?“. Fröhlich singend betrat er den breiten Weg. Und der neue Weg gefiel ihm außerordentlich gut. „Welch ein Glück habe ich doch“, sagte er und erschrak sogleich. „Was habe ich soeben gedacht?“, fragte er sich, „ich habe doch immer nur Pech.“ Und doch konnte er jetzt an nichts anderes mehr denken als an sein Glück. Er sann darüber nach, wie viel Glück er bisher in seinem Leben gehabt hatte. „Ich habe zwei gesunde Füße, wenn sie auch nicht so aussehen wie die Füße anderer Menschen. Ich habe schöne blonde Lokken, ich bin frei und wandere bei Sonnenschein in dieser schönen Welt.“ Und je mehr er an all das Glück dachte, das er im Leben hatte, desto glücklicher wurde er. Und so wanderte er weiter. Jetzt sah er auch überall das Kraut mit den langen, spitzen Blättern. Es wurde sein Wegbegleiter. Wenn er müde wurde, setzte er sich auf die Wiese, zupfte ein paar der Blätter ab und wickelte sie um seine Füße. Welch eine wohltuende Kühlung hatte der Saft der Blätter. „Du bist ein wahres Wunderglückskraut!“, rief er der Pflanze zu.

Da verriet sie ihm, was sie sonst noch konnte. „Ich kann Husten stillen, Wunden heilen, Insektenstiche lindern und Brennnesselbrennen vertreiben.“ Spitzfuß hörte erstaunt zu und er spürte in sich den Wunsch mit diesem Wunderkraut den Menschen und Tieren zu helfen. So kam es, dass er nun jedes Mal, wenn er ein Tier oder einen Menschen in Not sah, die Pflanze um ein paar Blätter und ihre Heilkraft bat und es nach ihrer Anweisung zubereitete. Er kehrte in die Häuser der Menschen ein, kochte einen Tee, presste den Saft aus den Blättern oder bereitete einen Brei zu. Es dauerte auch nicht lange, da verbreitete sich im ganzen Land die Kunde, dass ein junger Bursche unterwegs sei, der den Menschen und Tieren mit einem einzigen Kraut Heil und Segen bringen könne. Dies kam auch dem König zu Ohren, der schon seit geraumer Zeit an schrecklichen Schmerzen litt, die sein Leben trüb und traurig machten. Als er von dem Jungen mit den spitzen, langen Füßen hörte, ließ er den Befehl ausgeben, ihn zu suchen. Die Bediensteten zogen aus und bald schon fanden sie den Jungen und brachten ihn zum König, der fragte: „Woher kommst du und wer bist du?“ „Von weither komme ich und man taufte mich auf den Namen Erich. Die Leute aber nannten mich Spitzfuß. Ich hatte nur Pech und lief nur auf schmalen, spitzen Wegen. Dann fand ich das Kraut und das Glück kam zu mir. Ich probierte neue Wege aus.“ „Überall im Lande erzählt man sich, dass dieses Kraut, das du besitzt, Heil und Segen bringen kann“, sagte der König. „Herr König“, sprach Spitzfuß, „ich besitze das Kraut nicht.“ „Wo ist es dann?“, wollte der König wissen. „Es wächst überall“, antwortete der Junge. „Ach, zeige mir doch diese Pflanze“, bat der König. Das wollte Spitzfuß nun gerne tun und führte den König hinaus auf die Wiese. Der König ließ sich von Spitzfuß einen Tee aus den Blättern zubereiten. Diesen trank er nun jeden Tag dreimal. Und er merkte schon

nach wenigen Tagen, wie die Schmerzen aus seinen Gliedern wichen. Froh und glücklich war der König nun und als Dank durfte Spitzfuß sich eine seiner Töchter aussuchen. Das tat er gerne. Er wählte sich die aus, die ihm in Liebe zugetan war. Sie heirateten und lebten glücklich und zufrieden miteinander.
Dem jungen Burschen zu Ehren erhielt die Pflanze den Namen Spitzwegerich.

„Das gleiche Märchen", erklärte der Elf Erich, „gibt es auch noch von einem Jungen, der ganz breite Füße hatte und weit, weit im Osten der Eifel lebte. Er hieß auch Erich, aber die Menschen nannten ihn nur Breitfuß. Er hatte immer nur Pech und wie es weiter ging, das weißt du ja."
„Ja", lachte der Wanderer, „das weiß ich." Daraufhin bedankte er sich bei dem Elf Erich für das Märchen und sprach: „Darf ich mir ein paar Blätter abzupfen?" „Unbedingt, nur zu", ermutigte ihn der Elf. „Nimm, so viel du brauchst. Aber lass die Blätter stehen, die sich bewegen. Dort wohnen nämlich meine Freunde und ich, denn wenn du unser Haus mitnimmst, müssen wir uns eine neue Wohnung suchen. Das ist mit sehr viel Aufwand verbunden, so wie bei euch Menschen." Dankbar brach der Wanderer, wohl darauf achtend, nur stille Blätter vom Spitzwegerich ab und wickelte sie um seine Füße. „Mhm", schwärmte er, „das ist wirklich wohltuend und so schön kühl. Am besten nehme ich mir noch ein wenig Spitzwegerich als Vorrat mit." „Das brauchst du nicht", meinte der Elf Erich, „denn das Kraut wächst überall." „Stimmt, ich hatte es ganz vergessen", fiel dem Wanderer ein.
Daraufhin erhob er sich, verabschiedete sich vom Elf Erich und machte sich wieder auf den Weg. Er spürte die kühle Frische des Spitzwegerichs und es war ihm, als ob er über die Wege getragen würde. „Herrlich", dachte er, „wie gut es mir doch geht. Danke, lieber Spitzweg Erich."

Als er nach ein paar Stunden an einem Bach entlang schlenderte, begegnete ihm eine junge Frau. Sie strahlte über das ganze Gesicht. Um den Hals trug sie eine Kette mit einem kleinen goldenen Glöckchen, das bei jedem Schritt einen hellen Ton von sich gab. Überglücklich erzählte sie dem Wanderer, dass sie das Glöckchen soeben an einem Stand, nicht weit von hier, erworben hätte. Dazu habe man ihr ein Märchen geschenkt. Sie griff in ihre Tasche und holte ein gerolltes gelbes Blatt hervor. „Ich kann leider nicht lesen", sagte sie.
„Kannst du es für mich tun? Ich kann es kaum mehr aushalten vor Neugierde." Der Wanderer war sofort einverstanden, und so suchten sie sich ein schönes Plätzchen am Uferrand. Der Wanderer entrollte das geheimnisvolle Papier und begann:

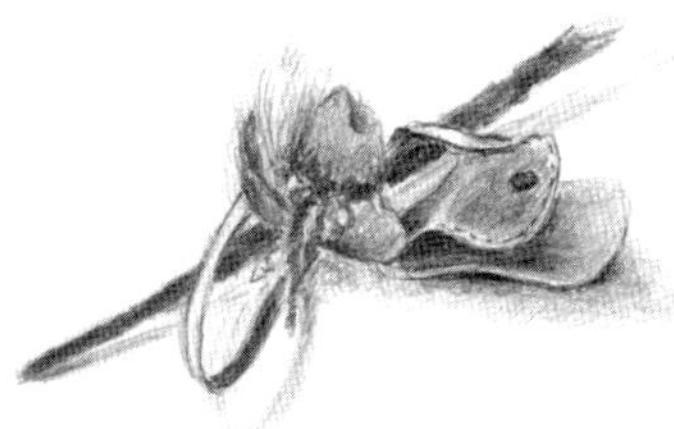

Das Wiegenglöckchen

Einst wurde ein Knabe geboren, dem hatten die Eltern vom ersten Tag seines Lebens an ein goldenes Glöckchen über die Wiege gehängt, und immer wenn die Mutter ihr Kind in den Schlaf wiegte, tönte das Glöckchen beim Hin- und Herschaukeln der Wiege in einem so lieblichen Klang, als ob die Englein sängen. Damit schlief das Kind zufrieden ein.

Es wuchs heran und wurde das glücklichste Kind unter der Sonne. Stets lief es mit einem strahlenden Lächeln auf dem Gesicht umher und erfreute die Herzen der Menschen. Das, so meinten die Leute, müsse von dem Glöckchen kommen, welches der Junge nun immer bei sich trug. Als er noch älter geworden war, fing er an weitere Glöckchen zu sammeln. Von jeder Reise, die er unternahm, brachte er eines mit. Auch schenkten ihm viele Menschen eins, wenn sie ihn besuchten. Er hatte nun wohl schon an die hundert Stück und es wurden täglich mehr. Eines klang schöner als das andere, aber am allerliebsten war ihm jenes, das über seiner Wiege gehangen hatte.

Einmal, als der Junge im heiratsfähigen Alter war, nahm er seine blaue Samtkiste, in welcher er seine Glöckchen aufbewahrte, und lief damit ins Tal auf die nahe gelegene Wiese. Er nahm die Glöckchen aus der Kiste, stellte sie vor sich hin und fing an die lieblichsten Melodien damit zu spielen.

Mit jedem Glöckchen, das er anschlug, schlüpfte eine kleine Elfe aus dem Klang hervor und tanzte vor ihm auf und nieder, so dass ihm fast die Sinne schwanden. Als er nun das Wiegenglöckchen spielte, siehe, da erschien eine Elfe, die war so wunderschön, dass ihm das Herz gewaltig klopfte. Sie trug ein gelb leuchtendes Gewand und hatte lange, goldene Haare, die mit einem Blütenkranz geschmückt waren. Doch kaum war der Ton verstummt, verschwand die schöne Elfe vor seinen Augen. „Halt, warte!“, rief er, „geh nicht wieder fort!“ Erneut schlug er sein Wiegenglöckchen und sogleich erschien das wunderschöne Geschöpf wieder. „Häng mir das Glöckchen um den Hals“, sprach sie, „so kann ich bei dir bleiben.“ Er zögerte nicht und tat, was sie verlangte. Im selben Augenblick stand eine Frau vor ihm, die war so wunderschön, wie er zuvor noch keine gesehen hatte. Da küsste und herzte er sie und

nahm sie mit zu sich nach Hause. Dabei vergaß er aber die anderen Glöckchen. Sie blieben achtlos auf der Wiese liegen. Nun lebte er viele Jahre mit seiner Glockenelfe – so nannte er sie stets liebevoll – glücklich und zufrieden. Die Glockenelfe aber, obwohl es ihr so wohl erging, wurde immer trauriger. Anfangs konnte sie es sich nicht erklären, aber bald merkte sie, dass sie Sehnsucht nach ihresgleichen hatte. So lief sie eines Tages auf die Wiese, nahm das Glöckchen vom Hals, legte es ins Gras und verschwand in die Anderswelt.

Als der Mann von der Arbeit heimkam, stand seine Liebste nicht wie gewöhnlich am Fenster, um ihn zu erwarten. Darum wunderte er sich sehr. Er ging ins Haus, rief ihren Namen und suchte sie überall, aber er konnte sie nicht finden. Endlich lief er hinaus auf die Wiese, wo sie einst zu ihm gekommen war. Dort fand er nicht nur das Wiegenglöckchen, sondern auch alle anderen, die er ganz vergessen hatte. Etwas angerostet lagen sie im Gras. Er hob sie auf und bewegte sie hin und her. Aber kein Glöckchen gab auch nur den leisesten Ton von sich. Sie waren verstummt. Da war es ihm, als seien sie gestorben und er wollte sie begraben. So grub er für jedes Glöckchen ein Loch in die Erde, legte sie einzeln liebevoll hinein und deckte sie zu. Und als er das letzte Glöckchen in der Erde versenkt hatte, weinte er bitterlich und konnte sich nicht trösten. Jede Träne aber, die er weinte, wurde zu einer Perle. Und es waren ihrer so viele, dass sie sich wie ein Bach durch das Tal schlängelten. Vor Erschöpfung sank er schließlich zu Boden, verlor die Besinnung und schlief ein. Und er schlief wohl einundzwanzig Tage und Nächte. Als er wieder erwachte und zu sich kam, schaute er sich um. Da sah er, dass die ganze Wiese mit leuchtend gelben Blumen übersät war. Eine war darunter, die besonders hell leuchtete und sie lockte ihn mit ihrem Duft an. Er wollte sie abbrechen, doch da

berührte ihn eine Hand, und als er sich umdrehte, stand seine Glockenelfe vor ihm und sprach: „Du hast mich erlöst, denn deine Tränen, die wie Perlen zu einem Bach zusammengeflossen sind, haben mich von meiner Sehnsucht befreit. Nun kann ich für immer bei dir bleiben.“ Da nahm er sie in seine Arme und küsste sie, und die Blumen ließen ihre Glöckchen erklingen.
Noch am selben Tag wurde Hochzeit gefeiert. Es gab ein großes, prächtiges Fest. Es wurde natürlich auf der Wiese gefeiert und als sie „Ja“ zueinander sagten, spielten die Blumen Melodien von der erfüllten Liebe. Und da an diesem Tag auch das Osterfest gefeiert wurde, erhielt die Blume den Namen Osterglocke.

Als der Wanderer geendet hatte, schauten sie noch lange gemeinsam schweigend auf den Bach. Es war ihnen, als ob sie einzelne Perlen erkennen konnten. „Kannst du dir vorstellen“, unterbrach die junge Frau die Stille, „dass man so viel weinen kann, dass aus den Tränen ein Bach wird?“ „Nein“, erwiderte der Wanderer, „dafür ist das Leben viel zu schön.“ Die junge Frau nickte zustimmend und nach einer kurzen Pause fragte sie: „Weißt du eigentlich, warum die Osterglocke auch Narzisse genannt wird?“ „Ja“, antwortete der Wanderer. „Es gibt doch eine Sage von einem wunderschönen griechischen Jüngling, der unstillbar in sich verliebt war und den die Götter in eine Blume verwandelten, der sie den Namen Narzisse gaben.“ Er reichte ihr seine Hand und sprach: „Komm, lass uns die Narzissen suchen. Sie müssen ganz in der Nähe sein, wenn wir dem Märchen von der Osterglocke Glauben schenken. Ich meine, ich höre sie schon klingen.“ „Ja, aber Ostern ist doch vorbei und der Ginster stand auch schon in voller Blüte, da sind die Osterglocken doch längst verblüht“, meinte die junge Frau. „Obwohl“, fuhr sie fort „ich höre sie auch klingen. Vielleicht ist in diesem Jahr alles verdreht und die Osterglocken blühen später als der Ginster", und sie nahm die Hand des Wanderers und gemeinsam liefen sie den Bach entlang, bis sie tatsächlich die gelben Glockenblumen in der Ferne leuchten sahen. „Das ist noch schöner, als es im Märchen beschrieben wird", meinte der Wanderer und die junge Frau nickte zustimmend. „Ja", sprach sie, „es ist atemberaubend." Wieder schwiegen sie miteinander und ließen die Schönheit dieser Natur auf sich wirken. Erst als die Sonne unterging, wagte der Wanderer die Stille zu unterbrechen, schaute die junge Frau an und fragte, ob sie ihn nicht auf seiner Wanderschaft durch die Eifel begleiten wolle. Die junge Frau schüttelte den Kopf und sagte: „Gerne würde ich mit dir gehen, aber ich werde zu Hause erwartet." „Nun", dachte der Wanderer, „es ist leider nicht wie im Märchen. Wären wir jetzt in dieser magischen Welt, hätte ich die junge Frau sofort geheiratet, denn sie hat mir wohl recht gut gefallen." Mit einer langen Umarmung verabschiedeten sie sich voneinander und jeder ging wieder seinen eigenen Weg.

Mit einem Lächeln auf dem Gesicht zog der Wanderer weiter. Aber welchen Weg sollte er nun einschlagen? Er war lange Zeit in Richtung Südwesten gegangen. „Vielleicht sollte ich einmal in Richtung Norden gehen", dachte er. Tagaus, tagein wanderte er nun gen Norden. Einmal führte ihn sein Weg zu einem wunderschönen Aussichtspunkt. Als er von dort ins Tal blickte, sah er ein idyllisches kleines Städtchen. „Es lohnt sich bestimmt hinabzusteigen und es mir anzusehen", sagte der Wanderer laut zu sich selber. „Ja, das stimmt", erwiderte eine alte Frau, die auf einer Bank ganz in seiner Nähe saß und die er nicht bemerkt hatte. Sie trug ein feines Tuch mit einem ganz besonderen Muster um den Hals, auf das sie sehr stolz zu sein schien. Der Wanderer nahm neben ihr Platz und fragte: „Warst du schon einmal dort?" „Und ob", antwortete die alte Frau, „es ist mein Geburtsort. Ich kenne ein schönes Märchen von dieser Stadt." Der Wanderer schaute sie mit *neugierigen Blicken an und bat sie, ihm das Märchen zu erzählen und so fing sie an:*

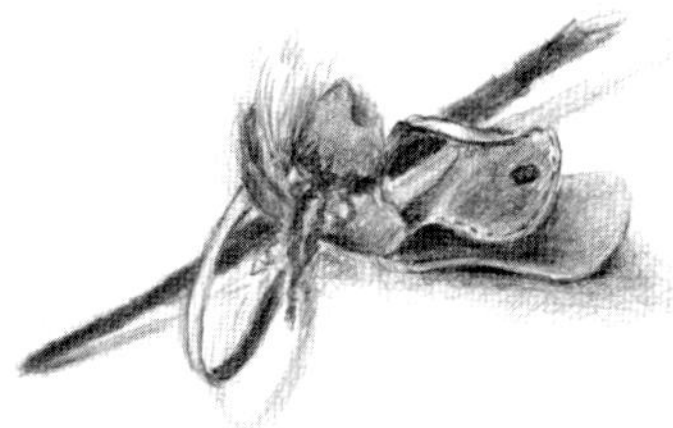

Das Tuch in der goldenen Schüssel

Einst fiel dem Bischof von Aachen ein, alle Tuchmacher, die nicht seiner Kirche angehörten, aus der Stadt zu verbannen. Auf der Suche nach einer neuen Heimat kamen die Ausgewiesenen in das schöne Städtchen Monschau, das tief im Tal liegt, umgeben von felsigen Bergen und an einem Flüsschen mit dem Namen Rur. Dort gab es die besten Voraussetzungen für ihre Arbeit, die Tuchmacherei. Ihre Schafe konnten auf den saftigen Weiden grasen und die Rur, die durch das schöne Städtchen führt, schenkte ihnen klares, kalkhaltiges Wasser zum Waschen der Wolle. Auch gab es viele arme, Arbeit suchende Menschen.
Nun war unter den Tuchmachern, die sich in Monschau niederließen, eine Familie, die hatte viele Kinder. Alle waren gesund und munter und die Eltern waren sehr stolz. „Mit meinen Kindern“, dachte der Vater, „will ich schon den besten Handel mit den schön-

sten Tüchern machen. Meine Söhne werden die Schafe hüten und scheren sowie die Wolle waschen und färben. Meine Töchter sollen spinnen und weben von früh bis spät. Und ich werde die feinsten Stoffe weit bis in die fernsten Länder verkaufen. Die ganze Welt wird von unseren guten Monschauer Tüchern sprechen. Meine Frau wird uns mit köstlichen Speisen versorgen und den Haushalt versehen." Und es geschah alles so, wie er es sich gewünscht hatte. Die Söhne versahen ihre Arbeit mit Fleiß und Ausdauer und die Töchter saßen von früh bis spät am Abend in der Spinnstube. Nun waren nicht alle fünf Mädchen gleich geschickt in der Kunst des Webens. Die beiden Jüngsten, die mehr miteinander redeten, als ihrer Arbeit nachzukommen, waren wenig einfallsreich und brachten nur Tücher mit unansehnlichen Mustern zustande. Die Älteste war die Geschickteste. Mit Liebe und voller Hingabe fügte sie die Fäden zu wunderschönen Mustern zusammen. Keines der Geschwister konnte es ihr nachtun, auch nicht die beiden mittleren Schwestern, die sich doch sehr viel Mühe gaben.
Der Vater, der jeden Abend zu den Töchtern in die Spinnstube kam und nach ihren Werken schaute, lobte die Älteste für ihre gute Arbeit und schalt die beiden Jüngsten, so dass diese bald des Lobes für die Älteste überdrüssig wurden und begannen auf die Schwester neidisch zu sein. Und da sie auch gerne einmal gelobt werden wollten, gingen sie zu ihr, taten ganz freundlich und sagten: „Ach, liebe Schwester, zeig uns doch einmal an unseren eigenen Webstühlen, wie du die schönen Muster webst."
Die Älteste dachte sich nichts dabei, verließ ihren Arbeitsplatz und fing an, am Webstuhl ihrer Schwestern zu arbeiten. Dabei sprach sie: „Schöne Gedanken müsst ihr hegen, wollt ihr ein feines Muster weben." Und sie versank so in ihre Arbeit, dass sie ihren eigenen Webstuhl vergaß. In der Zwischenzeit waren die neidischen Schwe-

stern zu dem verlassenen Webstuhl gegangen und hatten dort ein rechtes Durcheinander angestellt. Als der Vater am Abend kam, wunderte er sich sehr, lobte aber die beiden Jüngsten und schalt seine älteste Tochter so heftig, dass sie zu weinen anfing. Die beiden boshaften Mädchen freuten sich heimlich und wollten es nun am nächsten Tag genauso machen. Allein die Älteste durchschaute sie und weigerte sich. Sie setzte sich an ihren Webstuhl, um das Durcheinander wieder in Ordnung zu bringen. Die beiden Schwestern ließen es jedoch nicht zu, nahmen ihr das Schiffchen aus der Hand und fingen an sie zu schubsen und zu schlagen. Es blieb ihr nichts anderes übrig, als sich an die Webstühle der Schwestern zu begeben, um für sie die Arbeit zu verrichten. Als der Vater kam, schwieg sie still, da die Schwestern ihr wieder mit Schlägen gedroht hatten, wenn sie auch nur ein Wort sagen würde. So ging es nun Tag für Tag. Die Jüngsten prahlten mit den schönen Tüchern der Ältesten und heimsten sich das Lob des Vaters ein. Dieser hatte sich längst daran gewöhnt, dass nun nicht mehr die eine, sondern die beiden anderen die schönsten Muster webten und eigentlich war es ihm auch egal. Wichtig war ihm nur, dass seine Tücher berühmt wurden und er der reichste Tuchmacher in der Stadt wurde. Und damit alle Leute es sehen konnten, ließ er sein neu gebautes Haus, in das die Familie gezogen war, rot anstreichen. Die Leute, die vorübergingen, blieben bewundernd davor stehen und sagten: „Hier wohnt der reichste Tuchmacher in der Stadt, deren Töchter die schönsten Tücher weben.“

Viele Jahre gingen so ins Land und keiner merkte, dass die älteste Tochter immer trauriger wurde.

Eines Abends saß diese am Fluss und vertraute dem fließenden Wasser ihren Kummer an. Der Mond schien hell und ihre Tränen tropften wie eine Melodie auf das Wasser. Da trug der Fluss ein goldenes Schüsselchen herbei, das jemand achtlos fortgeworfen hatte, und gerade in diesem Augenblick fiel dem Mädchen das Tuch, das es in der Hand hielt, in die Schale hinein. Es war ihr Lieblingstuch. Sie hatte es sich aus den Abfällen der Wolle gewebt. Rasch stand sie auf und lief dem Schüsselchen mit dem Tuch hinterher. Aber vergebens, sie konnte es nicht einholen. Zu schnell trug das Wasser die Schale davon. Dabei war der Fluss sehr vorsichtig, denn er wusste, welchen Schatz er davontrug. Und da er den Kummer des Mädchens kannte, wollte er Hilfe suchen. Weit, weit trug das Wasser den Schatz flussabwärts - bis hinein in ein fernes Land, wo die Sonne warm auf die Erde schien.

Hier hütete ein Schafhirte seine Herde. Es waren die edelsten Schafe weit und breit und sie lieferten die feinste Wolle. Da es sehr warm war, wollte der Hirte sein Gesicht mit dem Wasser kühlen. Gerade in diesem Augenblick kam das Schüsselchen zu ihm und er fing es ohne nachzudenken auf. Er sah das schöne Tuch darin und rief dem Wasser zu: „Was bringst du mir denn da? Es ist das schönste Tuch, das ich je gesehen habe“, und an die Schafe gewandt sprach er weiter: „Das Mädchen, welches dieses Tuch gewebt hat, will ich suchen, denn wer so schöne Tücher herstellen kann, muss selber wunderschön sein. Kommt, meine lieben Schafe, lasst uns gehen.“ So machte er sich mit seinen Schafen flussaufwärts auf den Weg. Immer, wenn er müde und erschöpft war, setzte er sich ans Flussufer und nahm das Tuch heraus. Der Anblick erfreute ihn so sehr, dass er wieder neue Kraft schöpfte.

Lange Zeit war er unterwegs, bis er endlich an die Stelle kam, wo dem Mädchen das Tuch in das Schüsselchen gefallen war. Da fand er am Flussufer einen leuchtend roten Faden und jetzt erst fiel ihm auf, dass ein Faden in dem Tuch fehlte. Als er den Faden an das Tuch hielt, erkannte er, dass es der fehlende war. Nun wusste er, dass er am Ziel seiner Reise angekommen war. Er beschloss hier zu warten, denn er dachte: „Ist das Mädchen, dem dieses Tuch gehört, einmal hier gewesen, so wird es wiederkehren“. Am Abend kam aber nicht das Mädchen, das er suchte, sondern eine ihrer neidischen Schwestern. Sie trug ein Tuch, das ebenso schön war wie das, welches er gefunden hatte, und so meinte er nicht anders, als dass er die Rechte gefunden hatte. Er trat auf sie zu und sprach: „Von weit her komme ich, um das Mädchen zu finden, das dieses schöne Tuch gewebt hat“, und er holte es aus seiner Hosentasche und hielt es in die Höhe. „Ich will das Mädchen heiraten und meine Schafe werden ihr die feinste Wolle schenken.“ Das Mädchen hatte sogleich das verlorene Tuch ihrer Schwester erkannt, hütete sich aber die Wahrheit zu sagen, denn der junge Mann gefiel ihr über die Maßen gut. So sprach sie: „Du hast die rechte Braut gefunden.“ Da gingen sie zusammen heim und der Hirte hielt bei dem Vater um die Hand der jüngsten Tochter an. Dieser war hoch erfreut, als er den schönen Jüngling sah, und als er von seinen wunderbaren Schafen erfuhr, war er noch erfreuter und willigte in die Hochzeit ein. Die andere neidische Schwester hatte heimlich gelauscht und ihr gefiel gar nicht, was sie gehört hatte. Gar zu gerne hätte sie selber den jungen Mann geheiratet. Sie trat hervor und sagte mit einem bösen Blick: „Was fällt dir ein zu sagen, dass du das Tuch gewebt hast? Du sitzt den ganzen Tag nur herum und redest dummes Zeug.“ Darauf blickte sie zum Hirten hinüber und sprach: „Ich bin die Rechte, denn nur meine Hände können solch herrliche Tücher weben.“ Und es geschah, was geschehen musste, die beiden neidischen Schwestern gerieten in einen Streit. Der Hirte schaute von einem Mädchen zum anderen und wusste nicht, was er glauben sollte. Endlich gebot der Vater den Mädchen Einhalt und sprach: „Lasst uns in die Webstube gehen. Dort sollt ihr eure Künste zeigen. Dann werden wir sehen, wer die rechte Braut ist." Nur zögerlich kamen die Schwestern der Aufforderung nach, denn sie ahnten, was ihnen bevorstand. Der Hirte und der Vater folgten den Mädchen und als sie in die Webstube kamen, saß da die älteste Tochter und war fleißig bei der Arbeit. Allerdings nicht an ihrem eigenen Webstuhl. Da fragte der Vater: „Was machst du hier an dem Webstuhl deiner Schwester?" „Ich webe", antwortete das Mädchen. „Hast du keinen eigenen Webstuhl?", wollte der Vater wissen. Und nun endlich erzählte sie ihrem Vater, wie es ihr all die Jahre ergangen war.

Der Vater schämte sich seiner anderen Töchter und erkannte seine Blindheit. Hatte er doch nur auf seinen Vorteil geachtet und dabei das Wohl seiner Kinder aus den Augen verloren. Er bat seine Tochter um Verzeihung und da sie ein gutes Herz hatte, verzieh sie ihm alles. Daraufhin wandte sie sich dem Hirten zu und wollte wissen, wer er sei. Er erzählte ihr, dass er das Tuch gefunden habe und lange Zeit gewandert sei, um diejenige zu finden, die das Tuch gewebt hatte, denn er habe gewusst, dass sie diejenige sei, der er seine ganze Liebe schenken wolle. Er nahm sie in die Arme und hielt sie fest umschlungen. Da wurde ihr ganz warm ums Herz und sie wünschte sich nichts sehnlicher, als mit ihm zum gehen. Beide spürten, dass sie füreinander geschaffen waren und so ward die Hochzeit in großer Pracht und Herrlichkeit gefeiert. Als das Fest nach einer Woche zu Ende war, nahm er sie mit in sein Land, wo sie fortan glücklich miteinander lebten. Ihre Schafe schenkten ihnen die beste Wolle, viel feiner als die Wolle in ihrer Heimat, und obwohl sie dem Vater täglich die Wolle schickte, gab er bald seinen Handel auf. Hatten doch mittlerweile in den Städten ringsum Maschinen das Weben übernommen, die die Tücher schneller weben konnten als die Menschen. Die Monschauer Tücher aber sind bis heute noch bekannt.

„Und dies ist ein Monschauer Tuch", stellte der Wanderer fest, als die alte Frau ihr Märchen erzählt hatte, und strich mit seinen Fingern über das feine Gewebe mit dem einzigartigen Muster. „Ja", antwortete die alte Frau, „ich habe es von meiner Urgroßmutter geerbt und es ist eines der ersten Tücher, die in Monschau gewebt wurden." Sie merkte, dass der Wanderer seinen Blick nicht von dem schönen Tuch abwenden konnte, darum sagte sie: „ Nimm dir Zeit und geh hinunter ins Tal. Dort wirst du das rote Haus finden, in der die Tuchmacherfamilie gelebt hat. Es gibt noch zwei Original erhaltene Stoffmusterbücher. Sehenswert ist auch die weltberühmte Wendeltreppe, die über drei Etagen führt. In ihr sind einundzwanzig Puttenszenen eingearbeitet, die an die Stationen der Tuchherstellung erinnern."

Der Wanderer war ganz begeistert, bedankte sich bei der alten Frau und machte sich sogleich auf den Weg.

Nicht nur das rote Haus, sondern auch das Städtchen Monschau gefiel dem Wanderer so gut, dass er den ganzen Sommer dort verbrachte. Am letzten Abend, bevor er weiterziehen wollte, kehrte er noch einmal in das Wirtshaus ein, in dem er viele schöne Abende verbracht hatte. Er lauschte den spannenden Geschichten, die die Dorfbewohner untereinander erzählten. Je später der Abend wurde, desto gruseliger wurden die Geschichten und endlich, als die Kirchturmuhr zwölf Mal schlug, kam der Wirt zu ihnen an den Tisch und fragte: „Habt ihr dem Wanderer denn schon das Märchen von der Moormumpfe erzählt? Das sollte er unbedingt noch hören, bevor er weiter zieht."

„Oh, nein!", riefen die Gäste aufgeregt, „aber dieses Märchen darfst

nur du erzählen, keiner kann es so gut wie du!" Der Wirt lächelte, räusperte sich und begann voller Freude zu erzählen:

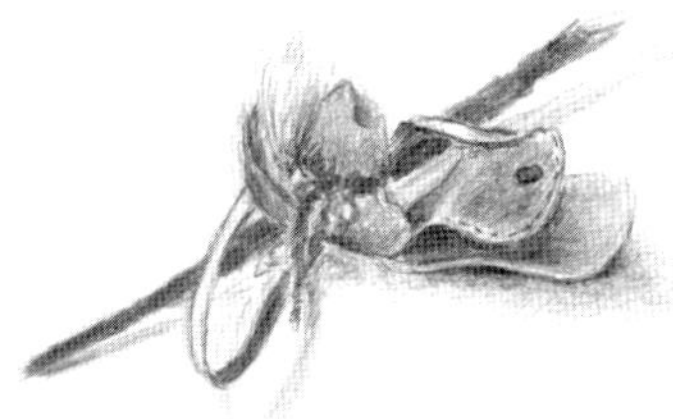

Die Moormumpfe

Tief unten am Grunde des Moores im Hohen Venn lebte vor vielen Jahren eine Moormumpfe. Stets wartete sie darauf, dass ein Mensch kam und einen falschen Schritt machte. Dann zog sie ihn hinunter ins Moor. Wohl ein paar Dutzend Menschen sind so verschwunden und von einer Wanderung nicht mehr zurückgekehrt.

Nun ging einst der junge Jakob mit seiner liebsten Isolde in diesem unheimlichen Gebiet Hand in Hand spazieren. Sie waren sehr verliebt und hatten nur Augen füreinander. „Ach", sprach Isolde, „ich verstehe nicht, warum die Menschen sich in diesem Gebiet so sehr fürchten. Es lädt doch zum Träumen ein. Jakob, schau dir diese Grasbüschel an, sind sie nicht hübsch?" „Man sagt", so wusste Jakob zu berichten, „das seien die Haarbüschel der Jünglinge, die die Moormumpfe zu sich geholt hat." „Pass nur auf", lachte Isolde, „dass du nicht auch bald so schöne Haare hast." Jakob stimmte in das Lachen ein und dann erzählten sie sich die gruseligsten Geschichten, die sie von diesem Gebiet kannten. Sie amüsierten sich aufs Köstlichste, als plötzlich und unerwartet dichter Nebel aus dem Moor aufstieg und sich in Windeseile verbreitete, die beiden Liebenden umschlang, so dass sie ihre eigene Hand nicht mehr vor Augen sehen konnten. Da sprach Isolde: „Jakob, mich gruselt es, lass uns umkehren." „Wo sind wir, Isolde?", fragte Jakob mit zittriger Stimme. „Ich habe nicht auf den Weg geachtet. Müssen wir hier oder dort hin?" Vorsichtig setzten sie einen Fuß vor den anderen. Jakob aber tat einen falschen Schritt und blitzschnell stieg die Moormumpfe aus einem Sumpfloch empor, streckte ihre langen Arme aus, packte Jakob an den Haaren und zog ihn in die Tiefe. Jakob wusste nicht, wie ihm geschah und ehe er begriff, was vor sich ging, verlor er die Besinnung. Isolde stand da und wagte nicht sich zu bewegen. „Jakob!", schrie sie. „Jakob, wo bist du?" Jakob aber gab keine Antwort. Seine Ohren waren taub für die Stimmen der Welt. Plötzlich verzog sich der Nebel wieder so schnell, wie er gekommen war. Da erblickte Isolde ein frisches, neues Grasbüschel. „Oh, mein Gott!", rief sie und schlug die Hände vor das Gesicht. „Jakob, Jakob, was soll ich nur tun?" Sie versuchte einen klaren Gedanken zu fassen. Es war ihr aber nicht möglich. In ihrer Verzweiflung wollte sie in das Moor springen, doch da vernahm sie eine Stimme in ihrem Inneren, die sprach zu ihr: „Tu es nicht. Das hilft keinem von uns." Es war aber niemand anders als Jakob, der in ihrem Herzen zu ihr sprach. Isolde war sich nicht sicher, ob ihre Sinne ihr einen Streich spielten, blieb aber stehen und sprang nicht.

Endlich spürte sie, wie Wut in ihr hoch kroch und sie schrie: „Du alte Moormumpfe, du Hexe, gib mir sofort meinen Jakob wieder!" Da fing es an in den Sumpflöchern zu brodeln und heraus aus dem Moor stieg die alte Moormumpfe und lachte höhnisch. Sie sah so gruselig aus, dass Isolde erschauerte. Die Moormumpfe rief: „Habt ihr über mich gelacht, so lache ich nun über euch. Du wirst deinen Jakob nie wieder sehen. Ich habe alle Macht über ihn sowie über all die schönen Jünglinge, die bei mir sind. Es gibt keine Rettung. Es sei denn, du bringst jedem der neunundneunzig Jünglinge, die bei mir sind, die Braut zurück. Aber das wird dir nicht gelingen!" Mit überlautem Lachen verschwand die Moormumpfe wieder im Sumpf. „Wie soll ich das nur schaffen?", dachte Isolde verzweifelt, doch es blieb ihr keine Zeit Trübsal zu blasen, denn Nebel stieg aus dem Moor auf. „Schnell, lauf!", rief ihr Jakob in ihrem Inneren zu. Und schon rannte sie los. Es gelang ihr gerade noch den Weg aus dem Moorgebiet herauszufinden, bevor der Nebel der Moormumpfe ihr jede Sicht nahm.

Nun aber stand sie da und sollte neunundneunzig Bräute finden, deren Namen sie nicht einmal kannte. Das war eine wahrlich schwere Aufgabe. Aber wer wahrhaft liebt, lässt sich nicht entmutigen und findet einen Weg. So spürte sie, wann immer sie an Jakob dachte, Hoffnung und Mut. Wenn sie aber anfing zu zweifeln, nahm Angst sie gefangen, sie wurde starr und konnte sich nicht mehr bewegen. Also gab sie sich die allergrößte Mühe in der Liebe zu bleiben. Das war allerdings nicht so einfach, denn der Wald, in den sie geraten war, war voller Stimmen, die ihr zuriefen: „Das schaffst du nie! Jakob ist verloren. Wie willst du neunundneunzig Bräute finden? Du bist viel zu schwach!" Die Stimmen wurden immer lauter und obwohl sie wusste, dass nur Gedanken der Liebe die Stimmen verschwinden ließen, nahmen sie doch mit aller Macht Besitz von ihr und die Angst übermannte sie. Sie war nicht fähig sich dagegen zu wehren und wurde immer schwächer. Es war als würde sie hin und her gezerrt. Sie hielt sich die Ohren zu und bemühte sich, an Jakob zu denken, aber es half nichts. Sie hörte die Stimmen auch in ihrem Inneren. Endlich gab sie sich ganz hin,

fiel zu Boden nieder und sank in einen tiefen Schlaf.
Als sie wieder erwachte, war sie in einer Hütte. Sie schaute sich um. Feuer brannte im Kamin und der ganze Raum war von Rosenduft erfüllt. Eine Frau trat zur Tür herein. Wunderschön war sie. Ihre Haut war samtweich und ihre Haare glänzend wie reine Seide. Sie beugte sich über Isolde, legte ihr ein feuchtes Tuch auf die Stirn und lächelte. „Wo bin ich?“, fragte Isolde mit schwacher Stimme.

„Du bist in den sprechenden Wald geraten. Das geschieht allen Menschen, die sich zu sehr bemühen.“ „Wer bist du?“, wollte Isolde weiter wissen. „Ich bin deine innere Heilerin. Ich werde dich lehren, wie du dich gegen die Stimmen schützen kannst.“ Da fiel Isolde wieder alles ein. „Ich muss meinen Jakob retten und die neunundneunzig Bräute suchen!“, rief sie und wollte aufstehen. „Still, still“, beruhigte sie die Heilerin. „Zuerst sollst du wieder zu Kräften kommen und dir einen Schutzmantel weben. Dann wird es ganz einfach sein, die Bräute zu finden.“ Nach drei Tagen, als Isolde sich wieder erholt hatte, führte die Heilerin sie zu einem Webrahmen. Es war aber kein gewöhnlicher Webrahmen, wie auch die Wolle keine gewöhnliche Wolle war. Es war lichte Wolle. „Komm, setz dich hierher“, sprach die Heilerin und wies sie in die Arbeit des Webens ein. Isolde war sehr geschickt und erlernte das Weben mit der lichten Wolle rasch. Sobald sie ein Stück gewebt hatte, war es ihr, als lege es sich um sie herum. Nach drei Tagen hatte sie die ganze Wolle, die die Heilerin ihr gegeben hatte, verarbeitet und sie fühlte, dass sich ein schützender Mantel um sie gelegt hatte. Sie wollte zur Heilerin laufen, um ihr den schönen Mantel zu zeigen, aber sie suchte vergebens. Auf dem Tisch aber lagen viele goldglänzende Edelsteine, ein Säckchen und ein Brief, der an sie gerichtet war. Sie zählte die Edelsteine und es waren nicht weniger

als neunundneunzig Stück. Sie füllte sie in das Säckchen und öffnete den Brief, worin geschrieben stand: „Jeder Edelstein führt dich zu einer Braut. Geh deinen Weg voller Vertrauen und fühle immer die Liebe. Sie wird dich leiten.“ Noch einmal schaute sie sich in der Hütte um und ging zur Tür hinaus. Der Weg führte sie durch den sprechenden Wald, aber die Stimmen konnten ihr nichts mehr anhaben. Aufrecht, mit einem lächelnden Gesicht und Liebe in ihrem Herzen, schritt sie mühelos voran.

Als sie aus dem Wald herauskam, ging die Sonne orangerot hinter einem Hügel auf, ein lauer Wind umspielte ihr Gesicht und in der Ferne sah sie ein Dorf. Sie ging darauf zu. Am Eingang des Dorfes saß ein armes Bettelweib und bat um eine Gabe. „Ich habe nichts, was ich dir geben könnte, außer diesen Edelsteinen“, sprach sie mitfühlend und holte einen der Edelsteine hervor. „So gib mir den Edelstein“, sagte die Bettlerin. Isolde zögerte, führten die Edelsteine sie doch zu den Bräuten der im Moor gefangenen Jünglinge, und fehlte nur eine Braut, so war alle Hoffnung dahin. Angst wollte gerade wieder Besitz von ihr ergreifen, als sie an die Worte der Heilerin dachte: „Es gibt nur zwei Gefühle - Angst und Liebe. Entscheidest du dich für die Angst, so wirst du verlieren, entscheidest du dich aber für die Liebe, so wirst du gewinnen.“
Also legte sie der Bettelfrau den Edelstein in die Hand. Im selben Augenblick fing er an zu strahlen und das Gesicht der Bettelfrau erhellte sich. Sie sprach: „Wie ist mir so sonderbar? Ich war so traurig und nun bin ich so glücklich.“ Daraufhin erzählte sie Isolde, dass sie ihren Liebsten vor vielen Jahren im Moor an die Moormumpfe verloren habe. Isolde erkannte, dass sie die erste Braut gefunden hatte. Voller Freude erzählte sie ihr alles und dann beschlossen sie gemeinsam weiterzuziehen. Es dauerte auch nicht lange und sie

fanden ein anderes armes Weib, das elendig dahinlebte, und als sie ihr einen Edelstein in die Hand legten, so wussten sie, dass es die nächste Braut war.

Nun waren sie schon zu dritt und es war ein Leichtes die nächsten Bräute zu finden. Je mehr Frauen es wurden, desto mehr Freude hatten sie miteinander. Die neunundneunzigste Frau aber ließ sich nicht finden. Trotzdem verkündeten sie, dass sie am nächsten Morgen zum Hohen Venn wollten, um ihre Liebsten zu erlösen. Und da war keine Angst zu spüren, denn Isolde hatte sie die Liebe gelehrt. Als sie ins Moorgebiet kamen, stellten sie sich im Kreis zusammen und hielten einander an den Händen und es baute sich eine Energie auf, die das ganze Moor erleuchten und erzittern ließ. Es war ein Schauspiel, wie es zuvor noch nie in diesem Gebiet zu sehen war. Alles fing an, sich zu regen und zu bewegen und bald darauf erschien die Moormumpfe. Mit Schleim bedeckt hingen ihre langen zotteligen Haare über ihren Lumpenkleidern. Da erkannten sie, dass die Moormumpfe selbst das letzte Weib war, das sie gesucht hatten. Isolde reichte ihr den letzten goldglänzenden Edelstein und kaum war dies geschehen, erhoben sich neunundneunzig, nein einhundert kräftige junge Männer aus dem Moor. Der einhundertste aber war niemand anders als Jakob. Alle Männer erkannten ihre Frauen und schlossen sie in ihre Arme. Da war die Freude groß und es wurde ein prächtiges Hochzeitsfest gefeiert, wie ihr noch nie eines gesehen habt. Auch die ehemalige Moormumpfe heiratete ihren Liebsten, der vor vielen Jahren in einem Moorloch versunken war, weil er einen falschen Schritt gemacht hatte. Die Moormumpfe war ihm hinterher gesprungen. Fortan hatte sie es nicht ertragen können, wenn ein glückliches Brautpaar im Hohen Venn spazieren ging. Nun aber ging sie auf

Isolde zu und dankte ihr für ihren Mut. Diese nahm sie in die Arme und verzieh ihr alles.

„Und ihr glaubt, es wäre nie geschehen?“, fragte der Wirt mit ernstem Gesicht. Alle lachten einmal kurz laut auf, wurden jedoch sofort wieder still, als der Wirt fortfuhr: „Dann geht doch einmal selbst ins Hohe Venn, wo sich dieses Märchen zugetragen hat. Die Grasbüschel, unter denen einst die Männer gefangen waren, sind noch zu erkennen. Passt aber auf, dass ihr keinen falschen Schritt macht, denn wer weiß schon, ob es nicht eine neue Moormumpfe gibt.“ Mit einem plötzlichen Ruck wandte sich der Wirt dem Wanderer zu. Dieser war so in der Erzählung vertieft, dass er zusammenzuckte, was natürlich alle zum Lachen brachte. Auch der Wanderer lachte schließlich mit. Insgeheim nahm er sich das Hohe Venn als nächstes Ziel vor.

Am nächsten Morgen, als er erwachte, standen neben seinem Nachtlager, das er in einer Scheune aufgeschlagen hatte, ein paar goldene Schuhe.

„Nanu“, dachte er, „was ist denn das?“. Er zögerte einen Augenblick, schlüpfte dann aber hinein. Im selben Augenblick liefen die Schuhe los. Er konnte gerade noch im Vorbeigehen seinen Rucksack schnappen und schon war er zur Tür hinaus. Es ging auch weiterhin recht flott voran, immer weiter in Richtung Osten, bis sie nach langer Zeit plötzlich vor einem Schild stehen blieben. Der Wanderer las, was mit großen Buchstaben geschrieben stand: ***„Achtung, Moorgebiet! Bitte verlassen Sie die Wege nicht!“*** *Der Wanderer musste schlucken und es wurde ihm etwas mulmig zumute. Das Märchen von der Moormumpfe war ihm doch näher gegangen, als er gedacht hatte. Dann aber sagte er sich, dass es doch nur ein Märchen war, zog die Schuhe aus und betrat mit gemischten Gefühlen das Moorgebiet. Er sah die Grasbüschel und stellte sich die Männer darunter vor. Dann musste er über sich selber*

lachen. Konnte es denn sein, dass er den Märchen, die er unterwegs hörte, Glauben schenkte? „Aber", dachte er, „mir sind schon so viele merkwürdige Dinge begegnet und die goldenen Schuhe waren schließlich auch da." Diese fand er allerdings nicht mehr, als er nach mehreren Stunden wieder dort auskam, wo er gestartet war. Genau an der Stelle, wo sie gestanden hatten, lag nun eine schneeweiße Feder. Er wollte sie aufheben, doch da stieg sie empor und flog davon, so als wolle sie ihm den Weg zum nächsten Märchen zeigen. Der Wanderer lief ihr hinterher. Endlich begriff er, dass seine Reise nicht nur eine Wanderung, sondern eine Märchenreise war.
Lange, es müssen Wochen gewesen sein, folgte der Wanderer der schneeweißen Feder. Nur selten fiel sie auf den Boden, so dass er sich kaum ausruhen und schlafen konnte. Eines Tages blieb sein Wegweiser im Garten eines Bauernhofes auf einem dicken, fetten Kürbis liegen.
Der Bauer sah es, kam herbei und lud den Wanderer zu einem deftigen Abendessen mit Eifeler Kräuterschnaps ein. Er freute sich über seinen Besuch und nach dem Essen wusste der Bauer ein schönes Märchen zu erzählen:

Federleicht und Kürbisschwer

Einst lebte eine Frau in einem kleinen Häuschen inmitten der Natur. Schon lange wünschte sie sich sehnlichst ein Kind, aber da sie keinen Mann hatte, machte sie sich keine Hoffnung. Der Wunsch nach einem Kind wurde jedoch immer größer, obwohl ihr Verstand sie eine Närrin schalt.
Eines Tages nun stand sie am Fenster und schaute in ihren Garten hinaus und da sah sie eine schneeweiße Feder, die vor ihrem Fenster lustig auf und nieder tanzte. Geschwind lief sie hinaus und fing die Feder und wie sie jene so in den Händen hielt und von allen Seiten betrachtete, dachte sie: „Ach, wärest du doch mein Kindelein, ich würde dich wiegen im Bettelein“. Sie nahm die Feder mit ins Haus und hütete und pflegte sie von nun an wie ein menschliches Kind. Sie legte sie an ihre Brust und gab ihr zu trinken, nähte und strickte ihr Kleider und abends, wenn das Federchen müde und erschöpft war, legte sie es in ein Bettchen und sang es in den Schlaf.

Eines Nachts nun wurde sie von dem Quietschen und Lachen eines menschlichen Wesens geweckt. Sogleich sprang sie aus dem Bett und wollte nach ihrem Federchen schauen. Und wie staunte sie - da lag ein Kindelein, gerade so wie sie es sich gewünscht hatte. Es war aber so leicht wie eine Feder und flog, als sie es auf den Arm nehmen wollte, hoch in die Luft und fing an zu tanzen. War das eine Freude. Sie klatschte vor Begeisterung in die Hände und tanzte mit dem Federkind durch das ganze Haus. So lebte sie fortan mit ihrem Kindelein, dem sie den Namen Federleicht gab, vergnügt und glücklich. Federleicht wuchs heran wie ein ganz normales Kind. Es wurde behütet, umsorgt und beschützt und hatte alles, was man einem Kinde nur wünschen kann - nur schwerer wollte es nicht werden.

Nach einigen Jahren, Federleicht war zu einer jungen Frau herangewachsen, kam der Mutter ein Gedanke, den sie bisher noch nicht gehabt hatte. Sie dachte, Federleicht könne zum Fenster hinausfliegen. Dieser Gedanke nahm sie ganz gefangen. So schloss sie schnell alle Fenster und auch den Kamin stopfte sie zu, damit sie sicher war, dass Federleicht nicht hinausfliegen konnte. Sie hatte aber nicht an den kleinen Spalt unter der Haustür gedacht. Federleicht beobachtete alles ganz genau und war zunächst recht verwirrt, wurde aber neugierig und das Licht, das unter dem Türspalt leuchtete, lockte sie hinaus. So schlüpfte sie hindurch und schwebte davon. Lachend und vergnügt tanzte sie durch die Lüfte. Sie war aber noch nicht weit geflogen. Da geschah es, dass eine dicke, schwarze Wolke den Himmel verdeckte und schon fing es an zu regnen. Federleicht wurde immer schwerer und schwerer und bald konnte sie sich nicht mehr in der Luft halten und fiel zur Erde nieder. Unsanft war der Aufprall, war sie doch auf einen Kürbis gefallen. „Nanu“, wunderte sich dieser, „wer kommt mich denn da besuchen?“. „Ich bin Federleicht“, kamen die Worte schüchtern hervor. „Na, federleicht kommst du mir nicht gerade vor. Dein Aufprall hat mich schon ein wenig gerüttelt.“ „Oh, Verzeihung“, sagte Federleicht, „der Regen hat mich so schwer gemacht und nun kann ich mich nicht mehr in die Lüfte erheben.“ Sie wollte gerade anfangen zu weinen, doch da tröstete der Kürbis sie mit den Worten: „Das wird schon wieder. Wenn die Sonne hervorkommt, wird sie dich trocknen und dann ist alles wieder gut. So ist es immer.“ „Das alles ist so neu für mich", erklärte Federleicht und fing an von sich und ihrem Leben zu erzählen. Als sie geendet hatte, war ihr Kleidchen von der Sonne getrocknet und sie fühlte sich wieder leicht und froh. Sogleich erhob sie sich in die Lüfte und schlug Purzelbäume vor Erleichterung. Dann kehrte sie zum Kürbis zurück und sprach: „Nun habe ich dir meine Geschichte erzählt, erzähle du mir nun deine." „Ach", sprach der Kürbis, „da gibt es nicht viel zu berichten. Ich liege hier dick und schwer und kann mich nicht bewegen. Der Bauer kommt jeden Tag und klopft an mir, um zu hören, ob ich schon reif bin. Bald, so sagt er, wird es ein großes Fest in Kommern geben. Darauf warten hier alle Kürbisse. Aber ich spüre, dass da noch etwas anderes in mir ist. Es kribbelt so in meinem Inneren. Sag, wie hast du es gemacht, dass dir Arme und Beine wie bei einem Menschen gewachsen sind?" Da wurde Federleicht ein wenig nachdenklich und antwortete: „Durch den Wunsch meiner Mutter. Sie hat mich geliebt, gehütet und gepflegt und da ist es von ganz alleine geschehen." „Es muss schön sein, geliebt zu werden", schwärmte der Kürbis, „ach, wenn ich doch auch jemanden hätte, der mich liebt." Er sah Federleicht an und seine Wangen bekamen einen roten Schimmer. Federleicht sah es sofort, und da sie sich schon längst in den Kürbis verliebt hatte, küsste sie ihn auf seine rot schimmernde Wange. Und siehe, da wuchsen dem Kürbis an den Seiten Arme heraus. Sogleich küsste sie ihn ein zweites Mal und Beine kamen hinzu. Und als sie ihn immer und immer wieder küsste, stand ein stattlicher junger Mann vor ihr. Jedoch, als sie einander umarmen wollten, kam ein Windstoß und wirbelte Federleicht in die Luft und blies sie davon. Kürbisschwer wollte ihr nach, aber er fühlte sich dick und schwer und kam nur langsam von der Stelle. Nun war er ganz verzweifelt und glaubte sie für immer verloren zu haben. „Ach", dachte er, „aus uns wäre sowieso nichts

geworden. Du bist viel zu leicht für mich, Federleicht, ich bin dir viel zu schwer“. Plötzlich hörte er, wie sie ihm zurief: „Hallo, ich bin hier oben!“ Er sah sich um und als er zum Baum hinaufschaute, unter dem er stand, sah er sie. Sie hatte sich ganz oben in der Spitze des Lindenbaumes verfangen. Er vergaß seine Schwere und kletterte hinauf bis in die Spitze. Und als er endlich bei ihr war, hielt er sie fest, ganz fest und ließ sie nicht mehr los. Und wie sie so eng umschlungen im Baume saßen, ging ihre Leichtigkeit in ihn über und seine Schwere umhüllte sie. Da stiegen sie gemeinsam hinab, und da sie ein wenig schwerer und er ein wenig leichter geworden war, lebten sie fortan in Eintracht miteinander. Und als bald darauf das Kürbisfest gefeiert ward, waren sie das glücklichste Paar weit und breit.

Was aber war aus der Mutter geworden? Sie hatte bald eingesehen, dass man einen Menschen nicht festhalten kann. Und nach einer längeren Zeit der Trauer fing sie wieder an, die Freuden des Lebens zu genießen. So kam sie auch zum Kürbisfest und erkannte ihre Tochter sogleich. Sie nahm sie in die Arme und segnete sie. Auf dem Fest verliebte sie sich in den Bauern, der die prächtigsten Kürbisse verkaufte, und als sie bald darauf heirateten, bekamen sie viele, viele Kinder.

„Du hast Glück“, schloss der Bauer sein Märchen, „morgen soll das Fest sein. Bleib die Nacht über hier. Wir wollen gemeinsam zum Fest gehen.“ Der Wanderer freute sich auf den nächsten Tag und schlief zufrieden ein.

Der Bauer hatte nicht zu viel versprochen. Es gab die außergewöhnlichsten Kürbisse zu bewundern: dicke, dünne, lange, kurze, große, kleine, schön gewachsene und krumme Kürbisse. Der Wanderer hatte nicht gewusst, dass es so viele verschiedene Formen gab. Und wie

staunte er über den größten Kürbis, als dieser gekürt wurde. Er war mindestens dreimal so dick wie der Kürbis aus dem Garten des Bauern und so schwer, dass selbst drei starke Männer ihn nicht heben konnten.
Am Abend, als das Fest zu Ende war, wollte der Bauer den Wanderer noch nicht ziehen lassen, darum bat er: „Sei noch eine weitere Nacht mein Gast.“ „Warum nicht“, dachte der Wanderer und begleitete den Bauern nach Hause. Dieser ging sogleich in seinen Keller, kam mit einer Flasche Wein zurück und machte ein geheimnisvolles Gesicht. „Schon viele Jahre hüte ich diese Flasche“, sagte er. „Ich habe sie einst in Mayschoß in einer Weinstube erworben. Man sagte mir, es sei ein edler Tropfen, der für eine Überraschung sorge und ich soll die Flasche an einem besonderen Tag mit einem lieben Freund genießen.“ Der Bauer öffnete die Flasche und goss dem Wanderer und sich selbst ein Glas ein. Sie nahmen den ersten Schluck und merkten, dass es wirklich ein hervorragender Wein war. „Wo kommt der Wein her, sagtest du?“, fragte der Wanderer. „Aus Mayschoß“, erwiderte der Bauer. Nun wollte der Wanderer wissen, wo Mayschoß liegt und erfuhr, dass dieser kleine Ort im östlichen Teil der Eifel an der Ahr zu finden sei. Der Wanderer war begeistert und rief: „Dort möchte ich hin. Diese Weinberge möchte ich mir anschauen.“ Kaum waren die Worte über seine Lippen gekommen, erhob sich ein Geist mit lautem Zischen aus der Flasche, packte den Wanderer, ohne dass dieser seinem freundlichen Gastgeber danken und Lebewohl sagen konnte und flog mit ihm fort.
Nach einer recht ungemütlichen Reise durch die Luft setzte der Geist ihn unsanft auf die Erde. Der Wanderer, der von dem Flug noch ganz benommen war, schaute sich neugierig um und sah, dass er von Weinreben umgeben war. Da wusste er, dass sein Wunsch von dem Geist erhört worden war. „Das also war die Überraschung, die in der Weinflasche gesteckt hatte“, dachte er. Er erhob sich und schaute sich die

reifen, roten Trauben aus der Nähe an. „Prächtige Trauben seid ihr und der Wein, den ihr den Menschen schenkt, ist einzigartig“, raunte er ihnen zu. Der Wanderer hatte nicht bemerkt, dass der Winzer, der gerade bei der Weinlese war, ihn schon seit einiger Zeit beobachtete. Darum fuhr er zusammen, als dieser ihn ansprach und fragte: „Bist du ein Weinflüsterer?“. Nachdem der Wanderer sich von dem Schrekken erholt hatte, schaute er den Winzer verwirrt an und fragte: „Ein Weinflüsterer, was ist denn das?“. „Du weißt nicht, was ein Weinflüsterer ist? Na, dann komm heute Abend in meine Weinstube, ich will es dir erzählen“, meinte der Winzer und erklärte dem Wanderer den Weg dorthin. „Das muss die Weinstube sein, in der der Bauer seine Flasche Wein erworben hat“, dachte der Wanderer und versprach zu kommen.
Als er abends in die Weinstube eintrat, begrüßte der Winzer ihn freudig und setzte sich mit ihm in eine gemütliche Ecke. Nachdem eine Flasche Wein geöffnet worden war, begann der Winzer mit seiner Erzählung:

Der Weinflüsterer

Es war einmal ein junger Bursche, der hatte die schönsten Lippen der Welt und eine Stimme, die die Herzen der Frauen zum Schmelzen brachte - ganz zu schweigen von all den anderen Dingen, die in ihm steckten. Die Frauen lagen ihm zu Füßen und eine jede sehnte sich danach, wenigstens einen Kuss von ihm zu erhaschen. Anfangs gefiel es dem Burschen außerordentlich gut und er genoss es von den Frauen umworben zu werden. Nach einiger Zeit aber wurde er der Frauen und ihrer Schmeicheleien überdrüssig, und so zog er in die weite Welt hinaus.

Da er kein Handwerk erlernt hatte und auch nicht wusste, was er werden wollte, arbeitete er mal hier und mal dort und zog von Ort zu Ort. Nirgendwo hielt es ihn länger als einen Monat. Eines Tages kam er an einen großen, breiten Fluss, der von Bergen umsäumt war. Es waren die Weinberge, die er zuvor noch nie gesehen hatte. „Da will ich hinauf", dachte er, „vielleicht finde ich dort mein Glück". Und als er nun so in den Weinbergen umherwanderte, spürte er eine solche Freude wie er sie selbst beim Küssen nicht erlebt hatte. Die Sonne stand hoch am Himmel und die Weintrauben lockten ihn mit ihrem Duft. Da konnte er nicht anders und fing an von den reifen Trauben zu naschen. Sie schmeckten so köstlich und machten ihn so glücklich, dass er seine Lust erst bremsen konnte, als ihn der Bauch gewaltig zwickte. „Hier fühle ich mich wohl, hier will ich bleiben", dachte er, setzte sich zur Erde nieder und rührte sich nicht mehr von der Stelle.
Als der Abend dämmerte und die ersten Sterne sich am Himmel zeigten, erwachten die vielen kleinen Weingeisterchen, die in den Weinbergen zu Hause sind. Tausend leuchtende kleine Lichter tanzten auf und nieder und fingen auch an, um den jungen Burschen herumzuwirbeln. Sie kicherten und waren ganz ausgelassen. Dem Burschen wurde es beim Zuschauen schwindlig zumute, aber er konnte den Blick nicht abwenden. Bald drehte sich alles um ihn

herum und er verlor die Besinnung. Als er wieder erwachte, war der Zauber vorbei und er glaubte geträumt zu haben.
In der folgenden Nacht wiederholte sich das Schauspiel und obwohl er sich fest vorgenommen hatte bei klarem Verstand zu bleiben, hatte er nicht die Kraft dazu. Die Weingeisterchen wirbelten so heftig um ihn herum, dass ihm schwindlig wurde und er die Besinnung verlor. In der dritten Nacht war er schlauer geworden und als die Geisterchen anfangen wollten um ihn herum zu tanzen, rief er mit lauter Stimme: „Was wollt ihr von mir?“ Und siehe - im selben Augenblick hielten die Geisterchen inne, legten ihre Hände an die Ohren und fingen an zu zittern. „Bitte, sprich nicht so laut mit uns“, baten sie. Da fragte er noch einmal mit sanfter Stimme: „Was wollt ihr von mir?“ „Du bist so schön und hast so feine Lippen. Flüstere uns etwas vor“, baten die Geisterchen. Da begann er im Flüsterton von seinem Leben zu erzählen, dass er ein rechtes Handwerk lernen wolle und sich hier in den Weinbergen überaus wohl fühle. Und als die Geisterchen immer noch mehr hören wollten, erzählte er ihnen von den Lügen dieser Welt. Da sprachen die Geisterchen: „Erzähle uns nicht von den Lügen dieser Welt, erzähle uns von der Wahrheit.“ Also erzählte der Bursche alles über die Wahrheit, was er wusste. Er flüsterte die ganze Nacht hindurch bis zum Morgen.
In der Frühe kam der Winzer, um nach seinen Trauben zu schauen. Er wusste nicht, was in der Nacht geschehen war, aber er sah, dass die Weinlese bevorstand. Er setzte sie auf den nächsten Tag fest. Als der Winzer fort war, wurden die Weingeisterchen ganz unruhig und jammerten: „Morgen müssen wir fort. Was soll nur aus uns werden? Wenn du nicht bei uns bist, werden wir sauer. Kannst du nicht mit uns kommen?“ „Wie soll ich das denn machen?“, fragte der Bursche. „Gehe ins Dorf und begib dich in den Dienst des Win-

zers.“ Das tat der Bursche und zu seiner Überraschung wurde er sofort eingestellt. Wie freuten sich da die Weingeisterchen, als sie ihren Weinflüsterer am nächsten Tag beim Winzer wieder trafen. Und der junge Bursche flüsterte ihnen unentwegt Wahrheiten zu. Er flüsterte beim Keltern, bei der Gärung und er flüsterte immer noch, als der Wein in die Flaschen gefüllt wurde.

Da im Märchen alles schnell geht, wurde der Wein schon bald in der Weinstube ausgeschenkt. Nun aber geschahen seltsame Dinge. Kaum hatten die Menschen einen Schluck von dem guten Wein genommen, löste sich ihre Zunge und sie fingen an die Wahrheit auszusprechen, die tief in ihnen verborgen war und die sie sonst nicht auszusprechen wagten.

Nun man kann sich vorstellen, dass es oft Streit gab, wenn die Ehefrau erfuhr, dass sie betrogen wurde oder wenn der Mann hörte, dass die Frau heimlich von seinem Geld genommen hatte, um sich in seinen Augen unnütze Dinge zu kaufen. Es gab aber auch schöne Ereignisse. Junge Männer, die zu schüchtern waren von ihrer großen Liebe zu sprechen, trauten sich plötzlich und eroberten im Nu die Herzen ihrer Angebeteten.

Es sprach sich herum, was sich in der Weinstube ereignete, und bald kamen nur noch Menschen, die die Wahrheit erfahren, aussprechen und leben wollten. Alle anderen zogen sich von alleine zurück. Die Weinstube wurde zur Stube der Wahrheit und der Ort zum Dorf der Wahrheit ernannt.

Auch der Kaiser hörte von dem Wein, der die Menschen dazu bringen sollte die Wahrheit zu erzählen, und da er schon seit vielen Jahren den Verdacht hatte, dass seine Frau ihm untreu sei, wollte er sie auf die Probe stellen. Er begab sich mit ihr auf eine Reise, kehrte „zufällig“ beim Winzer ein und lud seine Frau zu einem Gläschen Wein ein. Als sie ein paar Schlückchen genommen hatte, wartete der Kaiser gespannt. Sie aber fing an von ihrer großen Liebe zu ihm zu sprechen und von ihrem Schmerz, dass er ihr nicht vertraut. Der Kaiser hatte nun auch einen Schluck Wein genommen und erzählte seinerseits von seiner nicht enden wollenden Liebe zu ihr und wie viel Sorgen er sich mache, sie zu verlieren. Da fielen sie sich um den Hals und eine neue, tiefere Liebe erglühte zwischen ihnen. Der Kaiser, der überglücklich war, rief den Winzer zu sich an den Tisch und lud ihn zu einem Gläschen Wein ein. Dann wollte er vom Winzer wissen, wie er zu diesem Wein, der die Menschen die Wahrheit sprechen lässt, gekommen sei. Der Winzer aber wusste darauf keine Antwort. Das einzige, was er ihm mitteilen konnte, war, dass alles angefangen hatte, nachdem er den jungen Burschen in seinen Dienst genommen hatte.

Nun wurde auch der junge Bursche zum Kaiser gerufen und ein Glas Wein eingeschenkt. Der Bursche weigerte sich, aber der Kaiser befahl es. So musste er erzählen, dass er ein Weinflüsterer war und alle erfuhren, wie die Wahrheit in den Wein gekommen war. Der Bursche dachte nun, man würde ihn auslachen und das hätte der Kaiser wohl auch getan, wenn er keinen Wein getrunken hätte. Aber da er dem Wein vertraute, glaubte er den Worten des Burschen. Er war sogar so begeistert, dass er ihm seine Tochter zur Frau versprach. Der Weinflüsterer aber lehnte ab, denn er wollte selber seine Braut wählen. Der Kaiser beugte sich. Da er dem Burschen aber etwas Gutes tun wollte, fragte er: „Was kann ich für dich tun?“ „Eure Majestät“, sprach der Bursche, „macht den Weinflüsterer zu einem ehrbaren Beruf.“ Der Kaiser kam diesem Wunsch gerne nach und ließ den Weinflüsterer als einen offiziell anerkannten Beruf ausrufen. Bald kamen viele junge Burschen und auch Mädchen in die Lehre zum Weinflüsterer. Darunter war ein junges Mädchen,

das ihm außerordentlich gut gefiel. Sie verliebten sich ineinander, kauften sich einen schönen Weinberg und wurden die glücklichsten Menschen auf dieser Erde.
Heute gibt es überall in den Weinbergen Weinflüsterer. Da jeder Weinflüsterer seine eigene Art hat mit dem Wein zu flüstern, gibt es auch die unterschiedlichsten Weine. Manche sind eher lieblich, andere schwer und einige trocken oder erfrischend. Aber in jedem steckt die Wahrheit, denn die Weingeisterchen achten nur Weinflüsterer, die von der Wahrheit flüstern.

„Und ich bin glücklich", schloss der Winzer seine Erzählung, „dass ich eine Weinstube habe, denn zu mir kommen nur Menschen, die die Wahrheit erfahren und leben wollen. Willst du auch die Wahrheit wissen, Wanderer, so trink ein Gläschen von diesem Wein", sagte der Winzer und erhob lachend sein Glas. Der Wanderer stieß mit ihm an und bald darauf redete er drauf los und erzählte dem Winzer von seinen Ereignissen der letzten Tage und von dem Geist in der Flasche, der ihn in die Weinberge gebracht hatte. Der Winzer hörte aufmerksam zu, bis der Wanderer mit seiner Erzählung fertig war und fragte dann: „Möchtest du noch gerne bei uns in den Weinbergen bleiben? In diesem Monat feiern wir an jedem Wochenende ein Weinfest." „Aber ich kann doch nicht alle Tage feiern, so gut mir der Wein auch schmeckt", meinte der Wanderer. „So war es auch nicht gemeint", gab der Winzer zur Antwort, „du könntest mir helfen, denn es gibt eine Menge zu tun." „Das will ich natürlich gerne", rief der Wanderer begeistert. So blieb er nun den ganzen Oktober über in Mayschoß, half dem Winzer bei seiner Arbeit und genoss so manches Gläschen Wein. Vor allem aber hatte er große Freude an all den prächtigen Festen. Er sah eine wunderschöne Weinkönigin, staunte über die tausend Lichter, die die Weinberge an einem Wochenende erstrahlen ließen und er-

freute sich an einem Höhenfeuer.
Erst am Morgen nach dem letzten Festwochenende verabschiedete sich der Wanderer und dankte dem Winzer von ganzem Herzen für die schöne Zeit. Als er Mayschoß verließ, wehte ihm ein kühler Wind entgegen. Nun wird wohl bald schon der Winter Einzug halten, dachte er und malte sich aus, wie schön es wäre durch die schneebedeckte Eifel zu wandern. Auf den Schnee brauchte er in der Tat nicht lange warten. Schon nach einigen Tagen fielen die ersten Flocken und die Kinder kamen kreischend aus den Häusern gelaufen, um Schneemänner zu bauen und Schlitten zu fahren. Der Wanderer schloss sich ihnen an. Wie schön war es doch sich noch einmal wie ein Kind zu fühlen. Am Abend luden die Kinder ihn zu sich nach Hause ein und er nahm freudig an.
Nach einem kräftigen Abendessen setzten sie sich vor das wärmende Kaminfeuer und der Wanderer musste von seinen Erlebnissen erzählen. Er hatte so viel zu berichten, dass ein Abend nicht ausreichte und die Familie ihn bat noch bei ihnen zu verweilen. „Feiere mit uns das Weihnachtsfest“, bettelten die Kinder und die Eltern fügten hinzu: „Ja, mach uns die Freude.“ „Gerne will ich bei euch bleiben“, antwortete der Wanderer und lächelte. Die Kinder jubelten, sprangen auf ihn zu und drückten ihn so fest, dass er kaum noch Luft bekam.
In den nächsten Tagen wurde gewerkelt und gebastelt. Es roch nach frisch gebackenen Weihnachtsplätzchen und die Luft knisterte geheimnisvoll. Der Wanderer erinnerte sich an seine eigene Kindheit, an die wohlige Wärme im Bauch. Eines Morgens fragte er sich, welches Geschenk er der Familie machen könnte. Es sollte etwas ganz Besonderes sein, aber er hatte nicht das kleinste Geldstück in der Tasche. Traurig schaute er zum Fenster hinaus und dachte, dass er nicht einmal eine Blume pflücken konnte, denn es war mitten im Winter.
Auf einmal war es ihm, als solle er einen Spaziergang machen. Er

folgte der Eingebung und ging hinaus. Es knirschte unter seinen Füßen, als er flotten Schrittes durch den Schnee stapfte. Überall dort, wo die Sonne ihre Strahlen auf die Erde schickte, blitzten kleine Sternchen auf. „Diese Sterne würde ich wohl gerne einsammeln und verschenken", dachte er und fing an nach ihnen zu schnappen. Er griff immer weiter nach den glitzernden Sternchen. Was dann geschah, konnte er kaum fassen. Es blitzte und funkelte nur so und blendete ihn, so dass er seine Augen schließen musste. Als er sie vorsichtig wieder öffnete, lag eine strahlend weiße Blume in seinen Händen und sie raunte ihm zu: „Nimm mich mit. Ich bin das Weihnachtsgeschenk, das du der Familie machen kannst." Der Wanderer war überglücklich. Er nahm die Blume mit, und als er sie am Heiligen Abend überreichte, begann sie zu sprechen und erzählte:

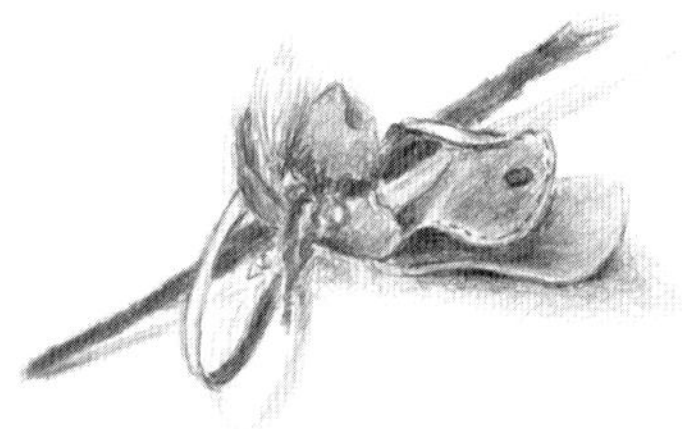

Die Hüterin der Geschenke

Es war einmal ein armer Mann, der war erblindet und lief seit vielen Jahren verwirrt und traurig durch die Welt. Er kehrte mal hier ein, mal dort, denn immer wieder fand er einen Menschen, der ein mitfühlendes Herz hatte und ihn in seinem Haus aufnahm. Aber der blinde Mann erkannte die guten Taten der Menschen nicht, denn nicht nur seine Augen, sondern auch sein Herz waren blind und stumm geworden. Er war blind für die Geschenke dieser Welt und fand keine Freude mehr am Leben. „Was soll ich noch hier auf Erden?“, fragte er sich und es wäre ihm gar recht gewesen, wenn der liebe Gott ihn zu sich gerufen hätte. Aber der liebe Gott erwies ihm diese Gnade nicht, da er etwas anderes mit ihm vorhatte. Einmal nun, zu der Zeit, da das heilige Fest auf Erden gefeiert ward, hatte er Unterschlupf in dem kleinen Häuschen einer Gärtnerfamilie gefunden. Obwohl es mitten im Winter war und die Erde ruhte, rankten sich die Gespräche der beiden Menschen einzig und allein um ihre Blumen und sie sprachen mit einer solchen Liebe davon, dass ihre Worte sogar ein wenig das Herz des blinden Mannes erreichten. Als sie sich schlafen gelegt hatten, klangen dem Manne, der sein Nachtlager vor dem Kamin aufgeschlagen hatte, die Worte der beiden Menschen wie Musik in seinen Ohren nach. In der Nacht hatte er einen sonderbaren Traum: Er wandelte durch den Garten des Gärtnerehepaares. Wie alle Gärten sah auch dieser Garten mitten im Winter recht trostlos aus, da sich das Leben unter die Erde zurückgezogen hatte.

Unerwartet stand eine alte Frau vor ihm. Ihre langen, weißen Haare hatte sie mit einem blauen Samtband zu einem Zopf zurückgebunden. Auf ihrer rechten Schulter saß eine schwarze Katze, die sich genüsslich an ihren Hals schmiegte. Auf ihrer linken Schulter saß eine weiße Katze, aufrecht und stolz wie eine Prinzessin. In ihren Händen hielt die Frau eine Schüssel, die randvoll mit frischem Quellwasser gefüllt war. Sie sprach: „Sei mir gegrüßt.“ Der Mann grüßte ebenso freundlich, wenn auch überrascht, zurück und fragte: „Wer seid ihr?“ „Ich bin die Hüterin der Geschenke. Deine

Augen sind durch die Ereignisse in deinem Leben trübe geworden. Ich kann dir helfen deine Augen wieder zu öffnen für die Geschenke des Lebens. Hier, wasche dich mit diesem Wasser.“ Der Mann beugte sich nun über die Schüssel, tauchte sein Gesicht unter und wusch seine Augen mit dem glasklaren Wasser. Sobald er den Kopf wieder erhob, spürte er, wie es sich unter seinen Füßen zu regen begann. Unscheinbar und ganz in der Stille wuchs etwas aus der Erde empor, suchte einen Weg hinauf und brach hindurch. Es war eine Blume mit schneeweißen Knospen, die sich öffneten. Wie der Mann so staunend vor der Blume stand und in das strahlende Weiß ihrer Blüte eintauchte, fand er einen Weg, der in die Blume hineinführte. Seine Schuhe zog er aus, denn Pantöffelchen standen bereit. Er schlüpfte hinein und folgte dem strahlenden Weiß, tief hinein in die Blume, in eine andere Welt.
Die alte, weise Frau war dem Manne mit ihren Katzen gefolgt und führte ihn nun weiter, noch tiefer in die Blume hinein bis zu einem Haus, das wie ein Herz geformt war. Die Türen öffneten sich und sie kamen in einen Saal, der über und über mit schön verpackten Geschenken angefüllt war. Der Mann schaute sich voller Bewunderung um und fragte staunend: „Für wen sind diese Geschenke?“ Die weise, alte Frau antwortete: „Sie sind für die Menschen, die für die Geschenke des Lebens blind geworden sind. Ich hüte sie derweil, bis die Menschen zu mir kommen.“ „Ist für mich auch ein Geschenk dabei?“, wollte der Mann wissen. „Natürlich“, gab die weise Frau zur Antwort, „schau dich nur um, du wirst es erkennen.“ Da ließ er seinen Blick über alle Regale schweifen, bis er bei einem Päckchen hängen blieb. Und er wusste, dies war sein Geschenk. Vorsichtig nahm er es aus dem Regal, zog an dem Band und löste die Schleife. Sein Herz pochte vor Aufregung. Er hob den Deckel hoch und ihn ergriff Erstaunen. Er sah die Geschenke

des Lebens, für die er bisher blind gewesen war. Er schaute noch etwas tiefer hinein und nun sah er etwas, das ihn tief berührte. „Deine Augen sind nun nicht länger trübe“, sprach die weise, alte Frau und die Katzen schnurrten genüsslich dazu. „Von nun an sind sie geöffnet für die Geschenke deines Lebens.“ Der Mann spürte tiefe Dankbarkeit und verneigte sich voller Demut vor der weisen, alten Frau. Er spürte die Veränderung, die in ihm vorging. Er war nicht mehr derselbe Mensch. Es kam ihm vor, als hätte er eine lange Reise gemacht. Er fühlte sich so wach wie nie zuvor, im selben Augenblick schlug er die Augen auf und erwachte in seiner Welt, in der Welt auf der Erde. Und er konnte es kaum fassen. Er konnte wieder sehen. Er sah den Kamin, an dem er geruht hatte. Er konnte alle Möbel im Zimmer erkennen, und als die beiden Gärtnerleute hereinkamen, die ihn in seiner Not aufgenommen hatten, sah er ihre Güte und Freundlichkeit. Er dankte ihnen aus tiefstem Herzen und lief hinaus. Hier sah er die Geschenke der Natur. Er sah die Bäume und den strahlend blauen Himmel, er spürte die Sonnenstrahlen auf seiner Haut, er bewunderte den Vogel, der an ihm vorbei flog und er erkannte seine Aufgabe, die er im Leben noch zu erfüllen hatte. Er wollte den Menschen die Geschenke dieser Erde zeigen. Er wollte ihnen helfen, die Geschenke als Geschenke zu erkennen. Und er dankte dem Herrn mit einem Loblied.

„Das war das schönste Geschenk, das wir jemals bekommen haben!“, rief eines der Kinder nach dem Märchen und die Mutter sagte feierlich: „Wir wollen es hüten, achten und ehren und die Blume im Frühjahr in unseren Garten pflanzen.“ Und so geschah es. Sobald der Winter weiter gezogen war und die Sonne die Erde aufgetaut hatte, erhielt die außergewöhnliche Pflanze den allerschönsten Platz im Garten.

Diesmal fiel es dem Wanderer schwer Abschied zu nehmen, aber die Sonne und das Zwitschern der Vögel lockten ihn hinaus. Es wurde noch ein großes Abschiedsfest gefeiert und der Wanderer musste versprechen sie noch einmal zu besuchen. Dann zog er weiter.
Der Frühling zeigte sich ihm mit all seiner Pracht. „Wie wunderbar die Natur doch alles geschaffen und geregelt hat", dachte er. „Dieser Wechsel der Jahreszeiten. Jede Jahreszeit hat ihre eigene Schönheit und ich liebe jede einzelne. Man kann sich darauf verlassen, dass unter dem Schnee des Winters der Frühling schon wartet". Er holte tief Luft. Und wie der Frühling duftete, so frisch und neu. Aber lag da nicht noch ein ganz besonderer Duft in der Luft? Er schnupperte und seine Augen suchten im hohen Gras. „Du möchtest wissen, was hier so duftet?", raunte ihm das Gras zu, „setz dich und ich werde es dir erzählen." Der Wanderer ließ sich ins Gras fallen und hörte, was es ihm zu erzählen hatte.

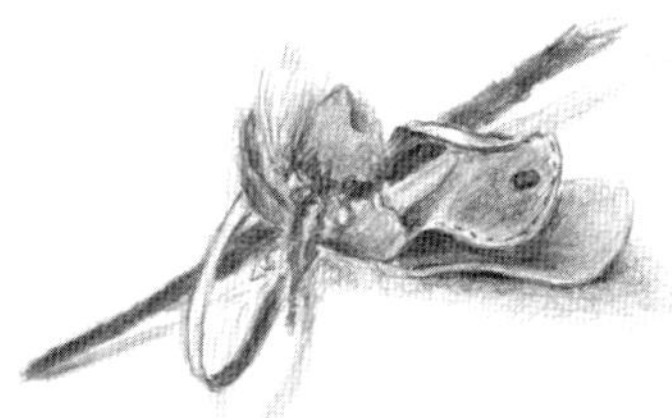

Das Veilchen

Ganz versteckt im hohen Gras streckte ein zartes, kleines Blümchen sein Köpfchen aus der Erde. Kein Mensch hatte es bisher entdeckt. Es war ein schüchternes Blümchen und darum war es froh, dass es sich im Gras verstecken konnte.

In der Nähe in einem kleinen Haus lebte ein Bauer mit seiner Frau. Sie hatten nur ein einziges Kind, dem sie den Namen Viola gegeben hatten. Die Großmutter aber nannte es nur „Mein kleines Veilchen".

Jeden Morgen, wenn die ersten Sonnenstrahlen in das Kinderzimmer fielen, schlüpfte Viola in ihr Kleid, das die Großmutter ihr genäht hatte. Es war aus dem allerfeinsten Samt und hatte eine Farbe, so schön, wie kein Mensch sie bisher gesehen hatte. Es war das Lieblingskleid des kleinen Mädchens. Stets lief Viola mit diesem Kleid umher. Es wollte kein anderes anziehen. Wenn es einmal schmutzig war, so musste es rasch gewaschen werden, damit Viola es sofort wieder anziehen konnte.

An einem warmen Frühlingstag im Monat März lief das Mädchen fröhlich singend auf die Wiese hinter dem Haus. Da stieg ihm ein lieblicher Duft in die Nase. „Mhm", rief es, „es duftet so fein, das muss ein neues Blümchen sein." Als es sich umschaute, sah es tief im Gras verborgen eine kleine Blume und wie staunte das Mädchen. Es trug ein Kleidchen in derselben Farbe wie ihr eigenes. Verwundert kniete Viola neben dem Blümchen nieder und konnte ihren Blick nicht mehr abwenden, so schön war es. Nie zuvor hatte sie eine Blume in dieser Farbe gesehen. Das Blümchen aber war erschrocken und zitterte ein wenig. „Hab keine Angst, ich tue dir nichts zuleide", beruhigte Viola es. „Wie heißt du denn?" „Ich habe noch keinen Namen", antwortete das Blümchen. „Ich bin zum ersten Mal auf dieser Erde und es ist so Brauch, dass die Blume den Namen des Menschen bekommt, der sie entdeckt hat." „Oh!", rief Viola, „das ist ja wunderbar! Das muss ich gleich meinen Eltern erzählen. Warte, ich bin sofort wieder bei dir!" „Wie heißt du denn?", rief das Blümchen hinter ihr her, aber Viola hörte es schon nicht mehr. So schnell sie konnte lief sie zu ihren Eltern und rief ganz

aufgeregt: „Vater, Mutter, im hohen Gras auf unserer Wiese wächst ein schönes, neues Blümchen! Es trägt ein Kleid in derselben Farbe wie meines und es soll meinen Namen tragen.“ Die Eltern merkten, wie wichtig es dem Kinde war und so ließen sie ihre Arbeit ruhen und liefen hinter Viola her. Das Blümchen hatte sich wieder versteckt, so dass Viola erst einmal das Gras ein wenig beiseite halten musste, damit die Eltern es sehen konnten. „Oh“, sprach der Vater, „das ist wirklich ein ganz entzückendes Blümchen.“ „Und wie es duftet“, fügte die Mutter hinzu. Nun fühlte sich das Blümchen schon viel besser, aber allzu gerne wollte es seinen Namen wissen und darum fragte es: „Und, wie heißt du nun?“ „Ich heiße Viola, aber meine Großmutter, die mir dieses hübsche Kleid genäht hat, nennt mich immer nur „mein kleines Veilchen“, erklärte Viola. „Kleines Veilchen“, sprach das Blümchen vor sich her, „das ist hübsch. So möchte ich gerne heißen und wer mag, darf mich auch Viola nennen.“ Viola freute sich sehr, dass dem Blümchen der Name so gut gefiel. Sie gab ihm einen Kuss auf das zarte Blütenblatt und hätte ihre neue Freundin am liebsten mit nach Hause genommen, aber sie wusste, dass es dort bald verblühen würde.

Jeden Tag lief sie nun auf die Wiese und verbrachte viel Zeit bei ihrem Blümchen. Und es sah so hübsch aus, wenn Viola in ihrem Samtkleid neben dem Veilchen saß.

Lange Zeit hatten sie viel Freude miteinander. Sie lachten oft zusammen, erzählten sich schöne Geschichten und dachten sich einen Namen für die schöne Farbe ihrer Kleider aus. „Violett soll sie heißen“, beschlossen sie, „damit die Menschen sich immer an uns erinnern, wenn sie die Farbe sehen.“

Einmal, als Viola bei dem Veilchen weilte, sprach das Blümchen: „Ich bin müde geworden und sehne mich nach Mutter Erde. Ich

will mich ein wenig bei ihr ausruhen.“ Daraufhin schenkte sie Viola noch einmal ihren Duft und verkroch sich in der Erde. „Im nächsten Jahr komme ich bestimmt wieder“, waren ihre letzten Worte.
Viola war ein wenig traurig, aber sie freute sich schon auf den nächsten Frühling, wenn das Veilchen wieder frisch und munter erwachen würde. Sie sah in dem Jahr noch viele violettfarbene Blümchen, aber keines duftete so wunderbar wie ihre kleine Freundin.

Kaum hatte das Gras sein Märchen von dem kleinen Mädchen beendet, als dem Wanderer das kleine, violettfarbene Blümchen entgegenleuchtete. Er berührte es vorsichtig mit seinen Fingern, hütete sich aber es zu pflücken. Er betrachtete es eine Zeitlang und erfreute sich an seinem Duft. Dann sprach er: „Ich danke dir, liebes Veilchen, dass du so viel Freude bringst. Gib gut Acht auf dich. Du bist so zart und zerbrechlich. Es ist gut, dass du dich versteckst.“ Und nachdem er sich beim Gras für das Märchen bedankt hatte, zog er weiter.
Sein Weg führte ihn durch einen großen, dichten Wald. Er verlor ein wenig die Orientierung und irrte stundenlang umher. Bald ging die Sonne unter und er beschloss im Wald zu übernachten. Er suchte sich schönes, weiches Moos zu einem Nachtlager zusammen und legte sich nieder. „Morgen“, dachte er, „werde ich wieder aus dem Wald herausfinden“. Er hatte gerade die Augen geschlossen, als ihn etwas an seinem Ohr kitzelte. „Halt, nicht einschlafen“, rief ihm jemand zu. „Ich will dir etwas erzählen. Du hast so schöne Ohren, die gerne wahre Märchen hören. Da passt mein Märchen so wunderbar hinein.“ „Na, dann fang mal an“, sprach der Wanderer zu dem kleinen, grünen Männchen, das nun auf seinen Bauch gesprungen war. „Ich kann es kaum erwarten.“ Das Männchen freute sich sichtlich, tanzte

auf seinem Bauch herum, schlug ein paar Purzelbäume und begann:

Beinwell und Beifuß

Es war einmal ein kleines Mädchen, das lebte mit seiner Mutter in einer Hütte am Rande des Waldes. Es war ein lustiges, fröhliches Kind. Es hüpfte und tanzte so gerne und sang dabei mit seiner klaren, hellen Stimme: „Heidideldum, heidideldum….“ Am liebsten spielte es draußen im Garten vor dem Haus bei den Bäumen und Blumen. Es kannte jedes Kräutlein hier und wusste um seine Heilwirkung. Auch verstand es die Sprache der Tiere und redete mit ihnen, als seien es Menschen.

Im Walde aber gab es einen Drachen. Darum warnte die Mutter ihr Töchterlein und sprach: „Hüte dich und geh nicht in den Wald.“ Das Mädchen aber dachte gar nicht daran, denn es war glücklich und zufrieden in seinem Garten.

Eines Tages, als das Mädchen gerade Himbeeren pflückte, hörte es jemanden rufen: „Aua, aua, hilf mir, so hilf mir doch!“ Das Mädchen schaute sich um, sah aber niemanden. „Hilf mir, ich sitze hier hinter dem großen Stein!“ Geschwind lief es zum Stein hinüber und da erblickte es ein kleines, runzeliges, grünes Männchen. „Wer bist denn du?“, wollte das Mädchen wissen. „Ich bin Matelius Moosimus, ein Moosmännchen. Ich wohne schon 110 Jahre hier, aber noch nie ist ein Stein auf mich gefallen." „Hast du dir weh getan?", fragte das Mädchen und beugte sich über Matelius Moosimus. Das Männchen wollte aufstehen, doch oh weh, es hatte sich am Bein verletzt. „Oh, das sieht aber schlimm aus. Warte, ich werde dir ein Kräutlein suchen. Bleib hier, ich komme gleich wieder", rief das Mädchen und rannte davon. Es lief und suchte und suchte, aber nirgendwo konnte es das Kräutlein finden, von dem es wusste, dass es helfen würde. Beinwell heißt es und ist in Gräben und feuchten Gebieten zu finden. So lief es weiter und immer weiter und merkte nicht, dass es in den Wald kam.

Plötzlich hörte das Mädchen ein lautes Getöse und Geschnaufe. Es blieb stehen und bekam einen Riesenschreck. Oh weh, das ist bestimmt der Drache, vor dem meine Mutter mich gewarnt hat. Was soll ich nur machen? Es wollte fortrennen, aber die Beine wollten es nicht tragen. „Hilfe, Hilfe, hört mich denn niemand?", rief es. Nun wuchs gerade an dieser Stelle des Waldes der Beifuß und der rief ihm zu: „Hab keine Angst, hier wächst überall das Kraut, das dich beschützen wird, pflücke es und lege es zu einem Kreis, dann setze dich hinein. Du wirst den Drachen wohl sehen, aber hab keine Angst, vertraue der Kraft der Kräuter. Das Ungeheuer wird dir nichts tun, denn es hasst dieses Kraut, das die Menschen Beifuß nennen." Schnell pflückte das Mädchen das Kraut, legte es zu einem Kreis und setzte sich hinein.

Da kam auch schon der Drache angeschnauft. „Guten Abend, Drache", sagte das Mädchen mutig. „Guten Abend", brummte der Drache und machte ein gar böses Gesicht. „Was willst du in meinem Wald? Keiner darf ihn betreten. Er gehört mir allein." „Ich wollte nur ein wenig Beinwell für das Moosmännchen holen. Es hat sich verletzt", sagte das Mädchen. „Ach, papperlapp! Wenn du nicht bald verschwindest, werde ich dich zum Abendbrot essen.“ Dem Mädchen zitterten ein wenig die Beine, dann aber sagte es: „Du kannst mir gar nichts tun, der Beifuß beschützt mich. Hier, friss lieber ein paar Himbeeren. Es sind die leckersten Himbeeren der Welt. Sie sind aus unserem Garten.“ Und nun geschah etwas Seltsames. Der Drache wurde kleiner und kleiner, bis er bald so klein wie ein Hund war, so klein wie ein Dackel, und fraß Himbeeren. Dies war ein so lustiges Bild, dass das Mädchen lachen musste. „So ist das also mit euch Drachen“, meinte es, „klein wie ein Dackel werdet ihr, wenn man keine Angst vor euch hat.“ „Mhm, wirklich lecker“, schmatzte der Drache. „Komm, ich helfe dir Beinwell zu suchen.“

Es dauerte nicht lange, da fanden sie das Kraut. Das Mädchen zupfte ein paar Blätter ab und verabschiedete sich von dem Drachen. Dieser sah ein wenig traurig aus und fragte: „Kommst du mich nochmal besuchen und bringst mir Himbeeren mit?“ „Das werde ich bestimmt machen“, sagte das Mädchen und lief hüpfend und singend durch den Wald zurück.

Zuhause wartete die Mutter schon voller Sorgen. Sie nahm ihr Töchterlein in die Arme und hörte, wie alles zugegangen war. „Aber“, fragte die Mutter „hattest du denn gar keine Angst?“ „Anfangs schon“, gestand das Mädchen, „dann aber schaute ich auf das Kraut und wusste, dass es mich beschützt. Mutter, alle Kinder sollen wissen, dass der Beifuß ein gutes Schutzkraut ist.“ Wortlos wiegte die Mutter ihr Töchterlein in den Armen. Dann aber sprach sie: „Nun lass uns das Moosmännchen versorgen.“ Das taten sie auch. Sie gingen ins Haus und bereiteten aus dem Beinwell einen feinen Brei.

Wie freute sich das Moosmännchen, als die Mutter mit ihrem Kind kam. Geduldig hatte es gewartet. „Ach, tut das gut“, sagte Matelius

Moosimus, als das Mädchen ihm den Brei auf das Knie strich. Und es dauerte nicht lange, da sprangen sie gemeinsam im Garten herum. Und dann feierten sie ein großes Fest, denn nun musste niemand mehr Angst vor dem Drachen haben, der klein geworden war wie ein Dackel.

„Und du bist Matelius Moosimus", stellte der Wanderer fest. Zu seiner Überraschung schüttelte das Männchen heftig seinen Kopf und antwortete: „Nein, nein, das war der Großvater meines Urgroßvaters. Ich bin Morphus Moosimus." „Darf ich dein Märchen weiter erzählen?", fragte der Wanderer. „Aber natürlich, ich bitte sogar darum", antwortete Morphus Moosimus und in seinen Augen blitzten kleine Sterne auf. „Dann beachten vielleicht wieder mehr Menschen das Moos und wollen mich sogar kennen lernen. Schließe du nun deine Augen und ruhe sanft auf unserem Moosbett. Wir Moosmännchen wollen dich in den Schlaf summen." Schon erklangen feine Töne, die sich langsam zu einer Melodie zusammenfügten und den Wanderer ins Land der Träume brachten. Als er am nächsten Morgen erwachte, hatte er das Gefühl noch nie so gut geschlafen zu haben. Von Morphus Moosimus jedoch war keine Spur mehr zu sehen. Er erschien auch nicht, als der Wanderer nach ihm rief. „Schade", dachte er, als er sich erhob und seinen Rucksack packte. Er streichelte noch einmal sanft über das Moos und zog weiter.

Er war noch nicht lange unterwegs, da stellte sich ihm plötzlich ein Mann mit einem finsteren Blick in den Weg. Er trug einen langen, schwarzen Mantel und reichte dem Wanderer einen Besen mit den Worten: „Mach dich auf nach Satzvey. So wirst du noch rechtzeitig zur Walpurgisnacht auf der Burg sein. Dieses Spektakel musst du einfach erleben. Ja, ja, ich meine es ernst", fügte der Mann hinzu, als er sah, dass der Wanderer ihn ungläubig anschaute. „Was!", rief dieser, „ich soll mich auf diesen Besen setzen und wie eine Hexe über das Land fliegen?“ „Genau“, antwortete der düstere Mann. „Das glaubt mir keiner“, dachte der Wanderer, als er aufstieg und davonflog. Bald vergaß er alles um sich herum. Er saß nur noch auf dem Besen und genoss den einzigartigen Flug durch die Luft. Die Landschaft unter ihm kam ihm recht bekannt vor. „War er diese Strecke nicht schon einmal in entgegengesetzter Richtung mit dem Geist geflogen“, fragte er sich. „Das stimmt“, rief der Besen ihm zu. „Du fliegst wieder ein Stück des Weges zurück, aber sei unbesorgt, ich werde dich nach Satzvey bringen.“

Leider endete der Flug viel zu schnell und der Wanderer war auf der Burg angekommen. Der Besen senkte sich herunter und ließ ihn vor der Burg absteigen. Als er durch das große Tor schritt, lief es ihm kalt den Rücken herunter. So viele hässliche Gestalten hatte er noch nie auf einen Haufen gesehen. Er schüttelte sich vor Entsetzen und wollte schon umkehren, als eine Hexe ihn festhielt, auf eine Bank zerrte und sprach: „Hast du schon einmal darüber nachgedacht, wie sich eine Hexe fühlt? Ich weiß nicht, ob du dir vorstellen kannst, was es bedeutet eine Hexe zu sein. Meinst du es ist schön, so hässlich zu sein und immer nur Böses zu tun? Und meinst du es ist schön, dass jeder uns Hexen hasst? Aber ohne diese weisen Frauen würden du und alle Menschen noch schlafen. Ohne uns Hexen wärt ihr nicht dort, wo ihr jetzt seid. Die Hexenkraft treibt euch voran. Wir geben euch einen Schubs, wir wecken euch auf.“

Nach einer kleinen Pause fuhr sie fort: „Ich verrate dir nun etwas. Im Grunde unseres Herzens warten auch wir auf eine Erlösung. Wir warten auf einen schönen Jüngling, der unser Herz erreicht und uns erlöst.“ Dem Wanderer wurde angst und bange zumute. Er wollte aufstehen und fortrennen, aber die Hexe hielt ihn fest. „Zuerst“, so sprach sie, „will ich dir noch ein wahres Märchen erzählen:

Die erlöste Hexe

Es ist nun schon viele Hexenjahre her, da lebte eine Hexe, die war so hässlich, dass es nicht zu erzählen ist. Selbst die Äste der Bäume wandten sich von ihr ab. Mitten auf der Nase hatte sie eine dicke, grüne Warze, dafür war sie im ganzen Land bekannt. Und ihr Buckel war mindestens dreimal so dick und spitz wie der anderer Hexen.

Sie lebte in einem hohen Turm tief im Wald. Dort saß sie oft und hielt mit einem langen Fernrohr Ausschau nach jungen Männern, die an ihrem Gartenzaun vorbeigingen. Wenn sie jemanden erblickte, ließ sie ein schauerliches Hexengeschrei los, streckte ihren Zeigefinger aus und verwandelte den Ankömmling in einen Stein. Wohl schon tausende zu Stein verwandelte Jünglinge standen in ihrem Garten. Doch kaum hatte sie einen jungen Mann in Stein verwandelt, fing sie fürchterlich an zu jammern, denn nun lief der Jüngling zwar nicht mehr fort, aber anfangen konnte sie auch nichts mit ihm.

Einmal nun erspähte die hässliche Hexe einen Mann, der war so schön, dass die Vögel anfingen zu singen und die Äste der Bäume sich zu ihm herabneigten. Er blieb am Zaun stehen und steckte eine Blume in das Gartentor. Dann verschwand er wieder. Die Hexe lief sofort hinunter, um ihn zu packen, denn diesen schönen Mann musste sie bei sich haben. Von dem Jüngling war aber nichts mehr zu sehen außer der Blume, die er in das Gartentor gesteckt hatte.

Am nächsten Tag kam er wieder und auch am übernächsten und an allen folgenden Tagen. Jedes Mal steckte er eine Blume in das Gartentor und verschwand dann wieder, ohne dass die Hexe ihn packen konnte. Diese fand nun keine Ruhe mehr und ihre Sehnsucht nach dem Jüngling wurde unerträglich. So ging es ein ganzes Jahr lang und dreihundertfünfundsechzig Blumen steckten schon in dem Gartenzaun. Dann aber kam der Jüngling eines Tages nicht mehr. Die Alte saß vergeblich mit ihrem Fernrohr in ihrem Turm und hielt Ausschau nach ihm. Als ihr klar wurde, dass er nicht mehr kommen würde, verließ sie zum ersten Mal in ihrem langen Hexenleben ihren Turm und machte sich auf die Suche nach diesem schönen Mann. Zuvor aber nahm sie eine der dreihundertfünfundsechzig Blumen und hielt sie fest in der Hand. Wenn ich den Garten finde, wo diese Blume wächst, so werde ich ihn wiedersehen, dachte sie und machte sich auf den Weg. Sieben Tage ging sie gen Süden und kam schließlich an einen See. Und weil sie gar so durstig war, beugte sie sich herab und wollte von dem Wasser trinken. Wie aber erschrak sie vor dem, was sie dort sah. So konnte sie nicht vor den schönen Jüngling treten.

Im selben Augenblick kam ein wunderschönes Mädchen an den See, um darin zu baden. Als sie die Hexe erblickte, erschrak sie gewaltig und wollte fortlaufen. Die Alte aber sprang auf sie zu, packte sie am Arm und schrie: „Gib mir deine Schönheit! Ich will deine Augen, deine Haare, deine Haut! Gib sie mir.“ Im selben Augenblick strömte die Blume, die sie immer noch in der Hand hielt, einen betörenden Duft aus und die Hexe war wie gelähmt. Sie konnte sich nicht mehr bewegen. Und dann tat sie etwas, was einer Hexe unwürdig ist, sie weinte. Große, dicke, pechschwarze Tränen flossen aus ihren Augen und fielen auf die Erde. Niemand wusste, wie lange sie so dagesessen und geweint hatte. Es war eine lange Zeit.

Plötzlich spürte sie eine warme Hand auf ihrem Buckel. Sie erhob ihren Kopf und sah das schöne Mädchen vor sich stehen. Es war

nicht fortgelaufen. Mit großen Augen schaute die Hexe die Schöne staunend an. Warum nur war sie immer noch da?
„Du willst so schön werden wie ich?“, sagte das Mädchen. „Ja, ich will so schön werden wie du, aber ich bin eine Hexe und Hexen sind hässlich“, jammerte die Alte.
Das Mädchen aber sprach: „Du kannst es wohl, es gibt einen Weg. Du musst es nur wollen und es ist harte Arbeit. Komm mit mir nach Hause, ich will es dich lehren.“ Und die Hexe ging bereitwillig mit.
Und nun musste sie dem schönen Mädchen dienen. Alle schweren Arbeiten, für die ein so zartes Wesen viel zu fein ist, musste die Hexe verrichten. Sie musste Holz hacken, Wasser in großen Eimern vom Brunnen holen, die Stube kehren und vieles mehr. Nach einem Jahr schwerer Arbeit kam das Mädchen eines Tages zu ihr und sprach: „Nun ist es an der Zeit, dass du ein Stück Land erhältst. Dort sollst du alles anpflanzen, was du zum Leben brauchst. Gehe auch jeden Morgen bei Sonnenaufgang barfuß zum See, schöpfe einen Eimer voll Wasser und wasche dich darin. Anschließend sollst du das Wasser in deinen Garten gießen.“
Die Hexe tat alles, was von ihr verlangt wurde, allerdings nicht immer ohne Murren. Oftmals war sie ungeduldig und so manches Mal wollte sie fortlaufen, aber dann duftete die Blume des Jünglings so betörend, dass sie ihre Arbeit weiter verrichtete. So vergingen die Wochen.
Eines Tages aber fingen die Pflanzen an mit ihr zu sprechen. Ein kleines Pflänzchen säuselte: „Pflücke mich und reibe den Saft auf deine Warze.“ Und es war nicht zu fassen. Schon nach ein paar Stunden war die Warze verschwunden. Nun begann die Arbeit ihr Spaß zu machen. Sie liebte die Kräuter und Pflanzen in ihrem Garten und pflegte sie voller Hingabe.

Bald kamen auch die Tiere aus dem Wald zu ihr, wenn sie sich verletzt hatten und baten um ein Heilkraut. Als Dank für ihre guten Taten zeigten sie sich der Alten gegenüber erkenntlich. Die Raben kamen und pickten ihren Buckel fort.
Nach einiger Zeit fiel der Hexe, die sich in eine schöne, junge Frau verwandelt hatte, auf, dass sich eine Pflanze in ihrem Garten besonders üppig verbreitete. Anfangs verstand sie es nicht und wollte das Kraut in ihrem Wuchs eindämmen, aber irgendetwas hielt sie davon ab. Sie nahm Kontakt zu dem Wesen der Pflanze auf und fragte sie: „Was willst du mir sagen?“ Daraufhin fing das Kraut an, sich in eine Richtung auszubreiten. Die verwandelte Hexe folgte ihr. Ihr Herz begann heftiger zu schlagen, bald so heftig, dass sie es kaum mehr ertragen konnte. Plötzlich stieg der Duft der Blume in ihre Nase, aber noch tausendmal stärker, als sie es gewohnt war. Immer schneller lief sie, bis sie endlich ein weites Feld sah, auf dem die wunderschönen Blumen des Jünglings wuchsen. Und er selbst stand mitten zwischen den Blumen. Er kam auf sie zu, reichte ihr die Hand und sprach: „Du bist erlöst. Bleibe bei mir und werde für immer meine Gemahlin.“ Und so geschah es. Es gab ein prächtiges Hochzeitsfest.
So wurde die einst hässlichste Hexe erlöst und lebt seitdem glücklich und zufrieden mit ihrem schönen Jüngling.

Der Wanderer war recht nachdenklich geworden. Noch nie war er auf den Gedanken gekommen, dass Hexen zu etwas Nutze sein könnten. Nun hatte sich seine Sicht über diese Wesen geändert. Voller Mitgefühl sah er die Hexe an, aber als sie sich an ihn schmiegte und sprach: „Ich möchte auch gerne erlöst werden“, sprang er auf und eilte davon. Nein, wenn er die Hexen und ihre Aufgaben nun auch verstanden hatte, vermählen wollte er sich dennoch mit keiner. Als er außer Sichtweite der

Hexe war, schlenderte er über den Markt, ging von Bude zu Bude, ließ sich von Marktschreiern herbeirufen, schaute staunend den Feuerspuckern zu und wärmte sich an lodernden Feuern. Das war ein Treiben! Viele Hexen tanzten wild um ihn herum und kreischten laut. Der Wanderer gab gut Acht, dass ihm keine Hexe schöne Augen machte und war sichtlich erleichtert, als der Besen neben ihm auftauchte und ihn aufforderte aufzusteigen. „Wo fliegen wir hin?“, wollte der Wanderer wissen. Der Besen gab keine Antwort. Stattdessen erschien ein Schild in der Luft, das in Richtung Süden wies. Mayen stand darauf. „Bringst du mich nach Mayen?“, fragte der Wanderer neugierig. „Was gibt es dort zu sehen?“ „Lass dich überraschen“, war die geheimnisvolle Antwort. In gespannter Erwartung schwieg der Wanderer und genoss den Rest des Fluges mit dem Besen. Es dauerte auch nicht lange, bis der Besen sich herabsenkte und den Wanderer absteigen ließ. „Viel Freude wünsche ich dir“, rief der Besen und im Nu war er verschwunden. Der Wanderer erkannte nur noch einen kleinen Punkt in der Ferne. Als er sich noch fragte, was ihn hier wohl erwarten würde, fielen ihm ein Großväterchen und ein Großmütterchen auf, die unter einer Birke auf einer Bank saßen. Sie hielten einander liebevoll an den Händen und schauten hinauf zur Birke, die mit bunten Kreppbändern geschmückt war. Der Wanderer setzte sich zu ihnen, folgte ihren Blicken und fragte schließlich: „Warum hängen diese bunten Bänder in der Birke?“
Da erzählte das Großväterchen:

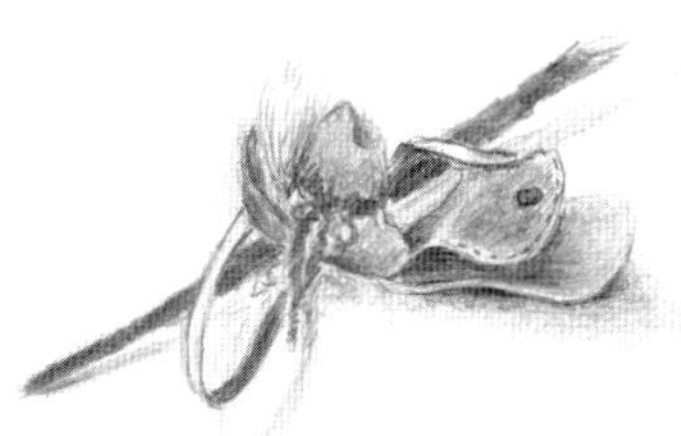

Der größte Maibaum

Es war einmal ein junger Bursche, der hatte sich in das hübscheste Mädchen der Eifel verliebt. Sie hieß Marie und kam aus dem schönen Städtchen Mayen. In der Tat war sie wirklich sehr hübsch. Ihre tiefblauen Augen und die lockigen, dunkelblonden Haare zogen jeden Mann in seinen Bann. Nur ihre Nase war ihr ein bisschen zu sehr in die Höhe gewachsen. Ja, sie war sehr hochnäsig und verspottete jeden, der um ihre Hand anhielt. Nun stand gerade der schöne Monat Mai vor der Tür und bei einem Dorffest verkündete sie übermütig: „Denjenigen, der mir in der Nacht zum Mai den größten und schönsten Baum in meinen Garten setzt, will ich zum Mann nehmen."
Nun hättet ihr die jungen Burschen sehen sollen, wie sie durch die Birkenwälder schwirrten und nach dem größten Baum Ausschau hielten. Der verliebte Bursche war auch darunter. Er hörte, wie ein Baum nach dem anderen zu Boden krachte, und er sah, wie riesige Birken von Pferden fortgezogen wurden. Ein junger Mann lud seinen Baum sogar auf einen großen Karren. Unser Bursche aber hatte nur sich selbst und seine Liebe. Darüber lachten alle, die ihn sahen und sagten: „Wie willst du denn der Marie einen Baum bringen?" Er wusste es freilich selber nicht, ließ sich aber nicht entmutigen. Als alle jungen Männer schon fort waren, um ihre Birke bei der schönen Marie aufzustellen, erblickte der Bursche einen kleinen Baum, nicht größer als er selbst, der sein Herz anrührte. Seine Liebe war so groß und der Baum so klein. Trotzdem hatte er das Gefühl, als sei es der richtige Baum. Er hob ihn aus der Erde, nahm ihn auf seine Schultern und stapfte los. Alle anderen hatten ihre Birke

schon aufgestellt. Als unser Bursche mit dem kleinen Baum herbei kam, lachten alle abermals laut auf und spotteten: „Was willst du mit diesem kleinen Baum?“ Der Bursche aber hörte nicht darauf und stellte seine Birke auf.

Die ganze Nacht hindurch warteten nun alle voller Spannung darauf, dass Marie erwachte. Noch vor dem ersten Sonnenstrahl trat sie vor die Tür, und da standen wohl mehr als hundert Birken in ihrem Garten, eine größer als die andere. Die jungen Männer, die sich hinter den Büschen versteckt hatten, hielten den Atem an. Marie trat auf die Bäume zu und besah sich jeden ganz genau und sagte: „Du bist mir viel zu dick“ oder „Du bist mir zu dünn, du mir zu krumm und du mir zu gerade.“ Endlich kam sie zu dem kleinen Baum unseres Burschen. Als sie ihn erblickte, wurde sie vor Zorn puterrot im Gesicht und schrie: „Wer wagt es, mit solch einem kleinen Baum um meine Hand anzuhalten?“ Sie wollte ihn gerade mit ihren Füßen treten, als sie oben in der Spitze des Baumes ein rotes Herz aufleuchten sah. Sie wollte danach greifen, aber in diesem Augenblick streckte der Baum sich und begann zu wachsen. Ohne nachzudenken kletterte sie in den Baum, um sich das Herz zu holen, das sie auf magische Weise anzog und all ihren Hochmut vergessen ließ. Der Baum aber wuchs weiter in die Höhe und reckte und streckte sich. Marie, die nichts anderes mehr im Sinn hatte als das Herz zu ergreifen, kletterte höher und immer höher hinauf. Je höher sie stieg, desto glücklicher wurde sie. „Ach“, sprach sie, „wie ist mir so froh ums Herz.“ Sie schaute sich um. Der ganze Baum schillerte in bunten Farben. Der Wind, der durch die Blätter rauschte, ließ ein liebliches Lied erklingen. „Noch nie zuvor habe ich einen solch schönen Baum gesehen“, dachte sie.

Und endlich sah sie das Herz ganz nah bei sich. Sie musste nur noch die Hand ausstrecken, um es anzufassen. Kaum aber hatte sie

es berührt, da stand der junge Bursche vor ihr, dessen Baum sie vor Zorn hatte puterrot werden lassen und sie wurde von großer Liebe zu ihm erfasst. Sie sprach: „Du hast mir den größten und schönsten Baum gebracht. Auf der ganzen Welt gibt es keines gleichen. Keinen anderen will ich zum Manne haben als dich allein."
Sie blieben noch lange Zeit im Land der jungen Liebe, bevor er sie auf seinen Armen hinunter trug. Dann feierten sie ein Fest, schmückten den Baum mit allerlei bunt schillernden Bändern und hielten Hochzeit.

„Seitdem", schloss das Großväterchen seine Erzählung, „werden die Birken in der Eifel mit bunten Kreppbändern geschmückt und der Liebsten in der Mainacht an das Haus gestellt. Die wahre Liebe aber erkennt man nicht an der Größe des Baumes, sondern an dem Herz, das oben auf der Spitze leuchtet." Nach diesen Worten drückte er das Großmütterchen fest an sich und gab ihr einen dicken Kuss. Der Wanderer war ganz gerührt von der Liebe der beiden alten Leutchen, und da er sie nicht weiter in ihrem Glück stören wollte, schlich er davon. Als er durch das schöne Städtchen lief, sah er noch viele mit bunten Kreppbändern geschmückte Birken, die an den Wänden der Häuser befestigt waren oder in den Gärten standen. Er blieb vor jedem Baum eine Weile stehen und betrachtete ihn. Aber keiner war so schön wie die Birke der beiden alten Leute. Einen solchen Baum, dachte er, werde ich meiner Liebsten auch einmal aufstellen. Mit diesem festen Entschluss und rundum glücklich verließ er die Stadt.
An der ersten Kreuzung blieb er stehen und sah sich gespannt nach einem Zeichen um, das ihn weiter führen würde. Diesmal war nichts zu erkennen. „Nun denn", dachte er, „dann will ich der Sonne folgen". Er war noch nicht lange unterwegs, als eine goldene Kutsche neben ihm hielt. Eine alte Frau schaute zum Fenster hinaus und rief: „Wohin des

Weges, junger Mann?" Der Wanderer antwortete: „Ich weiß nicht, wohin mich mein Weg führt", und er erzählte ihr, dass er nun schon über ein Jahr durch die Eifel wandere und viele schöne Geschichten erlebt habe.
„So, bist du derjenige, der das Eifelgold zu uns gebracht hat", stellte die alte Frau fest. „Ich habe viel von dir gehört", fuhr sie fort. „Komm, steig ein, ich möchte dir von der grünen Nohne erzählen, die in einer Höhle am Nohner Wasserfall lebt. Sicherlich hast du noch nie etwas von ihr gehört. Früher, in den alten Zeiten wussten die Leute noch von ihr, heute aber kennt sie kaum noch ein Mensch. Es wird erzählt, dass sie in jeder Vollmondnacht hervorkommt und das Lied vom Wasserfall singt. Sie ruft damit diejenigen, die bereit sind, sich verwandeln zu lassen. Es gibt auch ein Märchen über sie, das ich dir gerne erzählen möchte und die alte Frau begann:

Die Nohne vom Wasserfall

Einst, vor nicht allzu langer Zeit, lebten in einer Mühle in der Nähe des Waldes mit den drei Quellen eine Müllerin und ihr Mann. Fleißig verrichteten sie ihre Arbeit und tagein, tagaus drehte sich das alte Rad ihrer Mühle. Recht mühsam war ihre Arbeit. Abends klagten sie einander ihr Leid: „Täglich plagen wir uns ab und machen am Ende doch keinen Gewinn", jammerte der Mann und die Frau stimmte mit ein. Dann aber sprach sie: „Ach, lass uns zufrieden sein, wir haben genug zu essen." „Ja, lass uns zufrieden sein", wiederholte der Mann.

Nun trug es sich zu, dass der Fluss, der das Mühlrad mit Wasser versorgte, auszutrocknen drohte. Der Müller und die Müllerin sahen, dass er immer weniger Wasser führte. Sie wollten es aber nicht wahrhaben und kümmerten sich nicht weiter darum. Auch sprachen sie kein Wort darüber.

Eines Morgens nun, als die beiden Müllersleute wie gewohnt hinausgingen und mit ihrer Arbeit beginnen wollten, stand das Mühlrad still und drehte sich kein Stückchen mehr. Der Fluss war vollkommen ausgetrocknet.

Ängstlich sahen der Müller und die Müllerin einander an. „Was sollen wir tun?", fragte sie, aber er zuckte nur mit den Schultern. Endlich sprach die Müllerin: „Lass uns dem ausgetrockneten Flussbett bis zur Quelle folgen, vielleicht erfahren wir dort mehr." Und da der Mann keine bessere Idee hatte, machten sie sich auf den Weg. Gemeinsam gingen sie durch den ehemaligen Fluss und folgten seinem Lauf. Sie gingen weiter und immer weiter. Zwischendurch verließ sie der Mut und ein jeder der beiden fragte sich im Stillen: „Was machen wir hier? Was soll das?" Da sie jedoch nicht wussten, was sie tun sollten, setzten sie ihren Weg fort.

Als sie wohl drei Tage unterwegs waren, versperrte ein Berg ihnen den Weg. „Hier muss die Quelle sein", sprach der Mann, „lass uns graben." Sogleich machten sie sich an die Arbeit, gruben und schaufelten. Die Erde war aber so fest und zäh, dass sie bald erschöpft inne hielten. „Das schaffen wir nie, das schaffen wir nie“, klagten sie einander. „Das schaffen sie nie, das schaffen sie nie“, schallte es aus der Erde zurück. Sie erschraken, als sie wohl tausend Münder sahen, die sich bewegten und immer wieder riefen: „Das schaffen sie nie“, und es schallte jedes Mal ein wenig lauter und wurde schließlich so laut, dass sie sich die Ohren zuhalten mussten.

Endlich verstummten die Stimmen und einer der Echorufer trat aus der Erde heraus und sprach: „Welchen Lärm macht ihr? Warum stört ihr unseren Frieden?“ Der Müller, der zuerst die Sprache wieder fand, erwiderte: „Aber ihr habt doch den Lärm gemacht.“ Da wurde der Echorufer so zornig, dass er grün anlief und schalt: „Wir Echorufer müssen zurückrufen, was ihr ruft. Es bleibt uns nichts anderes übrig.“ „Aber wir schaffen es doch nicht“, sagte die Frau verzweifelt. Sogleich fingen die Echorufer wieder an: „Sie schaffen es nicht, sie schaffen es nicht.“ Die Müllerin und der Müller hielten sich die Ohren zu, bis die Stimmen verstummten. Der Echorufer fragte: „Wie wollt ihr etwas schaffen, von dem ihr überzeugt seid, dass ihr es nicht schafft? Das ist unmöglich! Wie soll das gehen?“ „Aber, was sollen wir denn tun? Die Erde ist zäh und fest. Wir müssen die Quelle finden, damit das Wasser wieder fließt und unsere Mühle sich drehen kann.“ „Geht zur grünen Nohne. Sie wird euch sicher helfen.“ „Wo finden wir die grüne Nohne?“, wollten die beiden wissen. „Ihr werdet ihren Gesang hören, der in euch zu schwingen beginnt. Folgt diesem Klang. Er wird euch zur grünen Nohne führen.“ Damit verschwand der Echorufer und ließ die beiden alleine zurück. Sie setzten sich auf einen Baumstumpf und schauten einander fragend an. Die Sonne ging unter, der Gesang der Vögel verstummte und alles wurde still, ganz still. Am Himmel aber stieg der Vollmond auf, langsam und majestätisch. Als er seinen höchsten Stand erreicht hatte, hörten sie in der Ferne einen

lieblichen Gesang, und es fing an in ihnen zu klingen. „Hörst du es auch?“ fragte die Frau den Mann und er nickte mit dem Kopf. „Dann lass uns gehen.“ Und sie standen auf und folgten dem Klang, der ihnen den Weg zeigte. Sie gingen und trafen auf einen mit Wurzeln durchzogenen Pfad, der durch den dichten Wald führte. Sie hielten einander fest, um nicht zu stolpern. Keiner sprach ein Wort. Der Klang verband beide miteinander. Und siehe, die Bäume taten sich auseinander und sie traten auf eine Lichtung. Da sahen sie die grüne Nohne. Sie stand vor einem Felsen. Ihr Körper war aus Felsgestein geformt, drei Ahornblätter zierten ihren mit Moos bedeckten Kopf, und sie sang so schön, wie kein irdischer Mensch singen kann. Über ihren Gesang sprach sie mit den beiden: „Ihr braucht Wasser für eure Mühle?“ „Ja“, sagte der Müller, „die Quelle ist verstopft. Ein Echorufer sagte, du kannst uns helfen.“ „Die Quellen sind nur verstopft, weil ihr glaubt, dass sie verstopft sind. In Wahrheit sind sie frei und in Wahrheit fließt das Wasser“, erklärte die grüne Nohne. „Oh“, sagten der Mann und die Frau, verstanden aber kein Wort von dem, was die grüne Nohne sagte. „Ich will es euch erklären“, fuhr die Nohne fort: „Tagein - tagaus drehte sich das Mühlrad. Mühsam habt ihr eure Arbeit verrichtet und jeden Abend habt ihr geklagt und nur an den Mangel gedacht. Das Wasser, das sich zurückgezogen hat, ist nur euren Gedanken gefolgt.“ Die beiden Müllersleute begannen zu verstehen. „Und, was sollen wir jetzt tun?“, wollten sie wissen. Die alte Nohne gab keine Antwort, sondern schaute beide tief wissend mit einem Lächeln an. „Wenn das Wasser sich durch unsere Gedanken an Mangel zurückgezogen hat“, überlegte die Müllersfrau, „dann heißt das doch, dass es auch durch Gedanken der Fülle wieder fließen kann.“ „Genauso ist es“, sagte die grüne Nohne, „und ihr könnt sofort mit dem Üben beginnen. Kommt her und stellt euch an diesen Felsen. Nun

denkt an die Quelle und stellt euch vor, wie das Wasser heraussprudelt und den Felsen wie ein Wasserfall herabströmt. Fühlt das Wasser, spürt seine Reinheit, Klarheit und seine Frische. Stellt es euch ganz deutlich vor. Wasser fließt, Wasser strömt, alles ist im Fluss.“ Der Müller und die Müllerin stellten sich unter den Felsen und ließen ihre Gedanken zu den Quellen wandern. Sie stellten sich vor, wie das Wasser den Felsen herabfloß. Sie fühlten das Wasser auf ihrer Haut. Endlich waren sie so tief in ihren Gedanken und Gefühlen versunken, dass sie nicht merkten, dass das Wasser wirklich anfing in einem gewaltigen Wasserfall herabzuströmen. Es war alles eins, es machte keinen Unterschied mehr, ob sie es sich vorstellten oder ob es in Wahrheit floss. Als sie merkten was geschehen war, konnten sie es kaum glauben und ihre Freude war übergroß. Sie tanzten und sprangen unter dem Wasserfall. „Ihr habt mit dem Wasserfall ein Zeichen für die Menschheit gesetzt“, sprach die grüne Nohne, „und ich danke euch dafür.“ Mit diesen Worten verschwand sie in einer Höhle des Felsens. Die beiden Müllersleute aber gaben diesem Naturereignis aus Dankbarkeit für die Hilfe der grünen Nohne den Namen „Nohner Wasserfall.“
Als sie zu ihrer Mühle heimkamen, drehte sich das Mühlrad wieder. Bald sprach sich die Kunde von dem Wasserfall, der sich mitten im Wald befindet, herum. Viele Leute kamen, um das Wunder zu sehen, und so beschlossen die beiden Müllersleute ein Gasthaus für die Wanderer einzurichten. Mit Freude zeigen sie seit jenen Tagen den Menschen den Weg zum Nohner Wasserfall und versüßen ihren Weg dorthin mit frischgebackenem Kuchen.
In diesem Augenblick blieb die Kutsche mit einem Ruck stehen.

Der Wanderer glaubte, dass seine Sinne ihn täuschten, denn der Duft von frisch gebackenem Kuchen aus dem Märchen stieg ihm in die Nase.

Die alte Frau lachte und sprach: „Nein, deine Nase trügt dich nicht. Komm und koste unsere leckeren Torten." Jetzt wurde dem Wanderer klar, dass die alte Frau ihn zu dem Gasthaus der Müllersleute gebracht hatte. So kam er in den Genuss der herrlichen Kuchen. Am Abend, als der Mond prall und voll am Himmel stand, hielt der Wanderer es nicht mehr länger aus. Er wollte das Wunder der Natur mit eigenen Augen sehen.

Und er war begeistert von diesem Schauspiel. Er stellte sich an den Felsen und ließ das Wasser über sich hinabströmen. Er schaute auch in der Höhle nach, in der die grüne Nohne verschwunden war. Ob er sie gesehen hat? Wer weiß das schon.

Nach diesem wunderbaren Erlebnis war der Wanderer froh darüber, alleine zu Fuß seinen Weg fortsetzen zu können. Er fühlte sich so rein und frisch. Und er wunderte sich, dass dieses Gefühl so lange anhielt, obwohl die Sonne heiß vom Himmel herabstrahlte.

Als er nach einiger Zeit einen Berg in der Ferne erblickte, kehrte die Neugier auf weitere Abenteuer in ihm zurück. Er spürte, dass dort wieder eine spannende Geschichte auf ihn wartete. Flotten Schrittes stieg er den Berg hinauf. Auf der Bergkuppe angekommen sah er einen Turm, der recht gut erhalten war. Allzu gerne wäre er hinaufgestiegen, aber die mit drei goldenen Blumen verzierte Tür war verschlossen. Als er sich fragte, was sie wohl bedeuten mögen, gesellte sich ein anderer Wanderer zu ihm und sprach:

„Du fragst dich wohl, was die drei Blumen zu bedeuten haben. Ich kann es dir erklären. Sie weisen auf das Adelsgeschlecht des Hauses Arenberg hin, deren Geschichte eng mit der Geschichte diese Berges, der einst Ahrberg oder Arberg genannt wurde, verbunden ist. Das Dorf Aremberg am Fuße des Berges erhielt wie das Adelsgeschlecht seinen Namen von diesem Berg." (1) Nun mischte sich ein weiterer Wanderer, der sich unbemerkt zu ihnen gesellt hatte, ein und sprach: „Nein, es ist

völlig anders. Es sind keine Rosen, sondern Mispelblüten und es hat sich folgendermaßen zugetragen: „Hartmann von Arburg fiel verwundet unter einen Mispelbaum. Von diesem fielen drei Mispelblüten auf seinen blutgefärbten Schild."[1] *Noch ein weiterer Wanderer war hinzugekommen, widersprach ebenfalls und wusste Folgendes zu berichten: „Es sind weder Rosen- noch Mispelblüten, die ihr hier und auf dem Wappen von Arenberg seht und es hat sich ganz anders zugetragen. Hört, was ich euch zu erzählen habe:*

Die drei Blumen vom Aremberg

Einst, vor vielen Jahren, plätscherten die Brunnen hoch oben auf dem Aremberg vergnügt in die Höhe und in den Teichen tanzten die Goldfische. Es war Sommer und das Leben im Schlossgarten war voller Freude und Heiterkeit. In allen Ecken kicherten die jungen Mädchen. Liebespaare neckten sich gegenseitig.
Während hier oben im Schloss alle in Wohlstand lebten, hungerten die Menschen am Fuße des Berges. Nur etwas gab ihnen Hoffnung. Es war ihnen geweissagt worden, dass ein junges Mädchen drei Blu-

men in ihrem Herzen erblühen lassen und ihnen somit Reichtum bringen würde.
Nun saß eines Morgen eine schöne Jungfrau am Goldfischteich hoch oben auf dem Aremberg. Es war die Fürstentochter. Sie kämmte ihr seidig goldenes Haar und summte vor sich hin. Wie sie fertig war, schaute sie auf ihr Antlitz im Teich. Da war sie ganz zufrieden mit sich und rief: „Wer will mich schöne Jungfrau haben?"
Sogleich kam ein Goldfisch zu ihr geschwommen, streckte den Kopf heraus und sprach: „Ich möchte dich gerne haben. Dein Anblick erfreut mein Herz so sehr, dass ich mir nichts lieber wünsche, als ein Mensch zu sein und dich zu freien."
„Dann komm doch heraus und fang mich", rief sie dem Goldfisch zu. Er aber antwortete: „Solange die Menschen am Fuße des Aremberges hungern müssen, kann ich nicht aus dem Teich heraus."
„Ja, dann musst du wohl in deinem Teiche bleiben!", rief sie ihm zu und lief davon.
Am nächsten Tag hatte sie den Goldfisch schon vergessen, setzte sich wieder an den Teich und kämmte ihr Haar. Als sie im Spiegelbild des Teiches ihren Kopf hin und her drehte und sich bewunderte, erschien der Goldfisch wieder, streckte seinen Kopf heraus und sprach: „Jungfrau mit dem seidig goldenem Haar, unten am Fuße des Berges hungern die Menschen und leben in großer Not und Elend."
„Lass mich mit deinen Sprüchen in Ruhe, du alberner Fisch", gab sie zur Antwort, warf keck ihr Haar zurück und lief davon.
Am nächsten Morgen wiederholte sich das Spiel. Nachdem sie sich gekämmt hatte und sich bewundernd im Teich betrachtete, kam der Fisch geschwommen, streckte seinen Kopf heraus und sprach: „Jungfrau mit dem seidig goldenem Haar, unten am Berge hungern die Menschen und leben in großer Not und Elend." Diesmal aber

wartete er keine Antwort ab, sondern sprang aus dem Wasser, schnappte sich das schöne Mädchen, zog es in den Teich und trug es mit sich fort. Die Jungfrau hielt erschrocken den Atem an, denn jetzt ging es flugs durch das Wasser fort. Immer schneller schwamm der Fisch und das Mädchen verlor bald die Besinnung. Als sie wieder erwachte und die Augen aufschlug, lag sie auf dem Boden in einer kleinen Gasse am Fuße des Berges. Sie erhob sich und schaute um sich. Was sich ihren Blicken hier zeigte, hatte sie ihr Lebtag noch nicht gesehen. In den Häusern weinten die Kinder vor Hunger und am Straßenrand saßen die Menschen mit zerschlissenen Kleidern und bettelten. Ja, sie zogen an ihrem schönen Kleid, so dass es zerriss und bald nur noch in Fetzen herunterhing. Stundenlang irrte sie nun durch das Dorf und sah doch nichts als Elend und Leid. Es ließ sie erschauern und rührte sie zutiefst. Da erblühte in ihrem Herzen die Blume des Mitgefühls. Sie wünschte sich nichts sehnlicher als den Menschen zu helfen und der Armut ein Ende zu setzen. Sie wollte heim laufen und ihre Eltern um Hilfe bitten. Allein, sie fand den Weg nicht, auch wusste sie nicht, wo sie den Goldfisch suchen sollte. „Ach“, dachte sie, „was kann ich bloß tun?“

Da sah sie eine Hütte am Wegesrand. Die Tür stand offen, und als sie hineinging und sah, dass niemand darin war, beschloss sie hier zu übernachten. Sie legte sich auf das einfache Lager aus Stroh und fiel sogleich in einen tiefen Schlaf. Die Hütte aber gehörte dem Goldfisch, der ein verwunschener Mensch war. Am Tage lebte er in den Teichen hoch oben am Aremberg, des Nachts hatte er seine menschliche Gestalt und wohnte in der Hütte. Die ganze Nacht saß er an ihrem Lager, schaute ihr beim Schlafen zu und pflanzte die Blume der Liebe in ihr Herz, die sogleich in einem zarten Rot erblühte, und er flüsterte ihr alles, was sie wissen musste, in ihren

Traum. Noch bevor der erste Sonnenstrahl durch die Wolken brach, verließ er die Hütte, um wieder als Goldfisch im Teich zu leben. Als das Mädchen am nächsten Morgen erwachte, sah sie, dass der Tisch reichlich und schön gedeckt war, ja so schön wie sie es selbst zu Hause nicht kannte. „Nun“, dachte sie, „ich weiß nicht, was sich in der Nacht zugetragen hat, aber da ich hungrig bin, will ich erst einmal essen. “

Als sie gerade den letzten Bissen hinuntergeschluckt hatte, klopfte jemand an die Tür. Sie öffnete und herein trat ein seltsames Männchen. Es trug einen Sack auf dem Rücken, der sehr schwer zu sein schien. Auch war der Atem, den er aushauchte, so übel, dass ihr ganz schwindelig wurde. „Wer bist du und was willst du?“, fragte sie. „Wer ich bin ist nicht wichtig, aber was ich habe“, hauchte er. Bei diesen Worten nahm er den Sack vom Rücken und ließ die Jungfrau hineinschauen. Und was sah sie darin? Lauter schwarze, übel riechende Taler. Und das Mädchen sah Angst, Neid und Hass. Das waren aber die Gefühle der Menschen, die an den Talern hängen geblieben waren, als sie sie für wenig Nahrung abgeben mussten. „Woher kommt das ganze Geld?“, wollte das Mädchen wissen. „Es kommt von den Menschen hier im Dorf. Sie haben so wunderbare dunkle Gedanken, wenn sie es für Lebensmittel eintauschen.“ „Und was machst du damit?“, wollte das Mädchen weiter wissen und hielt sich die Hand vor die Nase, denn der Geruch war kaum auszuhalten. Da fing das Männchen an zu tanzen und sang mit einer kläglichen Stimme: „Will es haben und vergraben und beim Anblick mich erlaben.“ Da erkannte das Mädchen den Grund für die Armut der Menschen, und eine zweite Blume erblühte in ihrem Herzen. Es war die Blume der Wahrheit. Sie wusste nun, was zu tun war. Sie lief mit den erblühten Blumen im Herzen, die keiner sehen, die sie aber fühlen konnte, zu den Menschen im Dorf

und verkündete, dass sie etwas Wichtiges mitzuteilen habe und alle sollten geschwind zum Dorfbrunnen kommen.

Als sich die Bewohner des kleinen Dorfes versammelt hatten, erzählte sie ihnen von dem grauseligen Männchen und dem Ekel erregenden Geruch. Alle verzogen die Gesichter. Das Mädchen aber sprach: „Solange ihr in Angst lebt und eure Taler mit Hass und Neid abgebt, wird die Armut nicht von euch weichen und das Männchen wird Macht über euch haben. So gebt ab jetzt eure Taler mit Freuden und in Liebe und seid dankbar für die Ware, die ihr dafür erhaltet und ihr werdet sehen, wie sich euer Geld vermehrt.“ Daraufhin nahm sie die drei Blumen aus ihrem Herzen und legte sie in den Brunnen und ein jeder sollte seine Taler in den Brunnen werfen. Die Menschen zögerten; sie wollten nicht ihr letztes Hab und Gut verlieren. Eine mutige Frau aber kam und machte den Anfang. Sie sprach: „Was haben wir zu verlieren?“ Einige nickten, kamen näher und übergaben ebenfalls ihre Taler dem Brunnen, und nach und nach trauten sich immer mehr Menschen.

Die Blumen übertrugen ihre Kraft in die Taler, die bald schon hell im Wasser leuchteten. Und als die Menschen sie wieder herausholten und in den Händen hielten, erblickten sie darauf drei Blumen. Auf der Rückseite aber war das Jesuskind als Beschützer der Welt abgebildet.[1] Da wussten sie, dass es ein Geschenk des Himmels war.

Als der Letzte seine Taler herausgefischt hatte, erschien der Fisch, sprang aus dem Brunnen und erhielt seine menschliche Gestalt wieder. Da erkannte das Mädchen ihn und er nahm sie voller Freude in seine Arme. Und ihre Herzen sprachen miteinander. Sie sprachen von einer großen Liebe zueinander.

Hinter dem Brunnen aber lugte das grauselige Männchen hervor

und als es sah, was geschehen war, ließ es vor Entsetzen seinen Sack fallen und lief schreiend davon. Das Geld wurde schnell in den Brunnen geworfen und, als es gereinigt und verwandelt war, unter den Menschen verteilt.
So kam der Reichtum auch zu den Menschen am Fuß des Aremberges. Die drei Blumen aber werden bis auf den heutigen Tag in Ehren gehalten und es sind weder Mispel- noch Rosenblüten. Es sind die Blumen, die im Herzen der Fürstentochter erblühten und die da heißen: Die Blume des Mitgefühls, der Wahrheit und der Liebe.

„Ich weiß nicht, welche der drei Geschichten der Wahrheit entspricht, aber dieses Märchen gefällt mir außerordentlich gut", stellte der Wanderer fest. Die anderen schienen seiner Meinung zu sein, denn sie nickten mit dem Kopf. Neugierig schaute sich unser Wanderer auf dem Gelände um. Er ließ seiner Phantasie freien Lauf und stellte sich vor, wie es früher ausgesehen haben musste. „Hier muss der Teich gewesen sein!", rief er voller Begeisterung, „ich sehe förmlich, wie die Fische aus dem Wasser gesprungen sind." Lachend wandte er sich wieder den Wanderern zu, aber sie waren verschwunden. Er lief umher, suchte überall und rief nach ihnen. Aber es half nichts, die Wanderer waren nicht mehr zu sehen. Es war, als habe der Erdboden sie verschluckt. „Schade", dachte er, „wir hätten zusammen weiterziehen können."
Am Fuße des Berges unterhielt er sich noch hier und da mit den Einwohnern und fragte jeden, ob er nicht drei Wanderer gesehen hätte. Jedoch niemand konnte sich erinnern und so zweifelte der Wanderer bald selbst daran, ob er ihnen wirklich begegnet war. „So muss ich mich alleine auf den Weg mache", dachte er, doch diesmal fiel es ihm recht schwer. Er spürte, wie sehr er sich nach einem Weggefährten sehnte.
Im selben Augenblick sprang eine schwarze Katze vor seine Füße,

schaute zu ihm hinauf, drehte sich um und stolzierte mit ihrem an der Spitze weiß gefärbten Schwanz, der hoch aufgerichtet war, vor ihm her. Der Wanderer verstand. Er hatte eine Weggefährtin gefunden. Er zweifelte nicht im Geringsten daran, dass sie ihm den Weg zum nächsten Märchen wies und lief vertrauensvoll mehrere Stunden hinter der Katze her. Die Luft war rein und klar an diesem heißen, sonnigen Tag und der Ginster strahlte ihm mit seinem leuchtenden Gelb entgegen. Es war Sommer. Der Wanderer freute sich, als sie zu einer Quelle kamen. Hier werde ich meinen Durst stillen, dachte er und kniete neben der Katze nieder, die vorsichtig von dem Wasser schleckte. Der Wanderer beugte sich über die Quelle.

Was aber blickte ihn dort an? Er sah nicht wie erwartet sein eigenes Spiegelbild, sondern eine königliche Gestalt mit einer Krone auf dem Haupt. Der Wanderer schreckte zurück, fasste sich unwillkürlich an den Kopf, um zu fühlen, ob er eine Krone trug. Aber da war nichts dergleichen zu finden. Er schaute zur Katze hinüber, die genüsslich Wasser schleckte und sich nicht stören ließ. Vorsichtig beugte er sich erneut über die Quelle, aber wieder sah er das Spiegelbild eines Königs, das diesmal zu sprechen begann und sagte: „Fürchte dich nicht. Du siehst nur das, was in dir ist.“ Der Wanderer lachte auf, aber die Gestalt fuhr fort: „In jedem Menschen steckt ein König oder eine Königin und es gilt diesen Teil in dir wieder zu spüren, zu achten und zu leben. Höre, was ich dir zu erzählen habe.“ Der Wanderer setzte sich an die Quelle, die Katze ließ sich schnurrend auf seinem Schoß nieder und die königliche Gestalt begann:

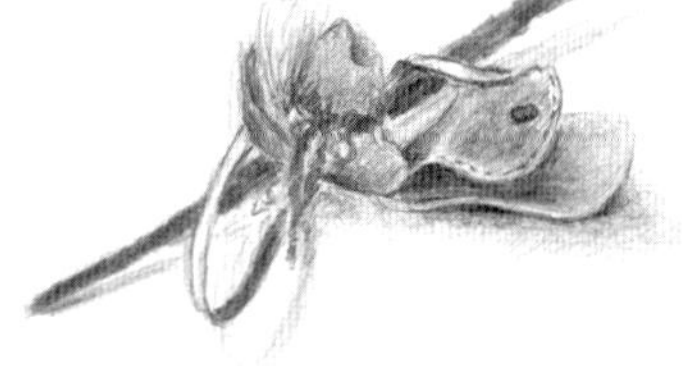

Die machtlose Königin

Vor Zeiten lebte eine Königin, die war so schön, wie eine Königin nur im Märchen sein kann und ihr Herz war voller Liebe. Neben ihr auf dem Throne saß der König. Ein großer und mächtiger König war er. Die Königin hingegen war klein und zierlich gebaut, und weil sie so klein und der König so groß war, wurde sie von allen übersehen und von niemandem beachtet. So war ihr Leben recht eintönig und langweilig und schon lange regierte der König das Land alleine. Er tat dies ohne Liebe und war sehr streng zu seinem Volk, so dass er von allen gefürchtet ward.

Vor dem Schloss war ein prächtiger Garten, den die Königin mit eigenen Händen angelegt hatte. Jeden Morgen noch vor Sonnenaufgang stand sie auf und ging barfuß im Garten umher. Dabei grüßte sie die Erde und den Himmel, den Wind und die Sonne und segnete die Blumen und die Tiere.

Eines Tages, als sie in ihrem Garten war, trat sie in einen Dorn. Es war aber kein gewöhnlicher Dorn. Es war der Dorn, der vergessen lässt, wer man wirklich ist - der Dorn des Vergessens. Ein kurzer heftiger Schmerz durchfuhr sie. Sofort zog sie den Dorn heraus. Das Gift war aber schon in sie gedrungen und fing langsam, ganz unmerklich an sich zu verteilen. Die Königin war ganz verwirrt und lief davon, ohne zu wissen wohin. Keiner erkannte sie als Königin und bald vergaß sie selbst, dass sie eine Adlige war. Sie hatte alle Macht über sich verloren. Als die Sonne ihre letzten Strahlen auf die Erde schickte, legte sie sich erschöpft nieder und schlief sogleich auf einem weichen Blätterboden im Wald ein. Am nächsten Morgen wurde sie von dem Rauschen einer Quelle geweckt und da sie sehr durstig war, stand sie auf und lief hin. Sie kniete nieder und wollte von dem Wasser trinken. Die Quelle aber begann zu sprechen und fragte: „Wer bist du?“ Die Königin erschrak und wich zurück. Und weil sie keine Antwort geben konnte, versiegte die Quelle und gab keinen Tropfen Wasser. Die Königin stand auf und wollte eine andere Quelle suchen, aber es dauerte einen ganzen Tag, bis sie endlich eine fand. Sie kniete nieder und wollte ihren Durst stillen, aber auch diese Quelle fragte: „Wer bist du?“ Und da sie nicht antwortete, versiegte die Quelle wie am vorherigen Tag und sie konnte ihren Durst nicht stillen. Nur mühsam schleppte sie sich weiter und weiter. Aber erst nach einem Tag fand sie eine dritte Quelle. Jedoch, was half es ihr? Auch diese Quelle fragte: „Wer bist du?“ Wiederum wusste sie nichts zu antworten. Als auch diese Quelle versiegte, fiel sie zu Boden und hatte keine Kraft mehr weiterzugehen. Immer wieder fragte sie sich: „Wer bin ich?“ Zum Glück wohnte in der Nähe eine alte, weise Frau, die des Weges kam und die erschöpfte Königin auf dem Boden liegen sah. Die weise Alte trug die Königin zu sich nach Hause und sah, dass sie in den Dorn des Vergessens getreten war. Sogleich wusste sie Rat. „Ich werde dir einen Tee kochen, der das Gift aus deinen Körper zieht“, sprach sie zu der Königin. Daraufhin ging sie in ihren Garten, nahm von jeder Pflanze einen kleinen Zweig und kochte sie mit Wasser auf. Schon beim ersten Schluck merkte die Königin die wohltuende Kraft der Kräuter, die nun in ihrem Körper zu arbeiten anfingen. Mit jedem Schluck zogen sie das Gift weiter aus ihr heraus, und als die Kanne leer getrunken war, war auch das Gift vollends aus dem Körper geschwemmt. „Soweit konnte ich dir helfen“, sprach die Alte, „aber wer du bist, musst du selbst herausfinden. Geh zurück zu den Quellen und erkenne dich.“ Voller Dankbarkeit verabschiedete sich die Königin, und als sie vor die Tür trat, staunte sie. Alles sah so hell und klar aus. „Danke, danke!“, rief sie der Alten

zu, „so etwas habe ich noch nie gesehen.“

Fröhlich lief sie zur letzten Quelle zurück, beugte sich darüber und sprach: „Quelle, zeige mir, wer ich wirklich bin.“ Da fing die Quelle an zu sprudeln und zeigte ihr ein Bild. Es war noch recht verschwommen und sie konnte kaum etwas erkennen. Doch bekam sie eine Ahnung, was darin zu sehen war und sie wusste, dass sie zur nächsten Quelle laufen musste. Als sie einen Tag später in die zweite Quelle schaute, sah sie sich deutlicher, aber es war noch nicht so klar, dass sie alles erkennen konnte und so lief sie wiederum einen Tag, um sich selbst in der ersten Quelle zu erkennen. Und je länger sie hinschaute, desto deutlicher konnte sie sich sehen. Und sie sah eine wunderschöne Frau mit langen, wallenden Haaren, die gemeinsam mit dem König in Liebe das Land regierte. Und endlich spürte sie eine tiefe Sehnsucht in ihrem Herzen, wieder Königin in ihrem Land zu sein. Sie erhob sich, richtete sich auf und sprach: „Ich bin eine Königin. Ich will wieder Königin in meinem Reich sein.“ Plötzlich hielt sie inne und dachte: „Aber ich habe keine Krone, kein Zepter und keine Kugel.“ Sie schaute sich um und sah die Schätze dieser Erde. Sie band einen Kranz aus den Blüten der Blumen, formte eine Kugel aus Erde und nahm einen Ast vom Baum. Und - siehe da - als sie den Blütenkranz auf den Kopf setzte, war er eine Krone aus purem Gold, der Ast war ein Zepter, das hell aufleuchtete und die Kugel lag majestätisch in ihren Händen. So kehrte sie in ihr Reich zurück. Der König war überglücklich, als er sie sah und empfing sie mit offenen Armen. Hatte er doch allzu großen Kummer gehabt, als er alleine war. Und da die Königin sich erhobenen Hauptes aufrecht neben den König stellte – siehe - da waren sie beide gleich groß. Fortan regierten sie gemeinsam in Liebe und Weisheit ihr Land. Und das Volk jubelte.

In diesem Augenblick verschwand die königliche Gestalt im Wasser, aber der Wanderer spürte nach diesem Märchen den König in sich. Erhobenen Hauptes ging er mit der Katze weiter. „Wohin führst du mich?“, fragte der Wanderer neugierig und die Katze antwortete: „Ich würde dir noch gerne zwei weitere Quellen zeigen. Neben der Erftquelle hier in Holzmühlheim gibt es noch die Urftquelle in Dahlem und die Ahrquelle in Blankenheim. Sie gehören zu einem Quellenpfad, den jeder Wanderer gegangen sein sollte.“ „So zeige mir den Weg und führe mich zu den Quellen“, forderte der Wanderer seine Wegbegleiterin auf. Sofort sprang die Katze von seinem Schoß und stolzierte mit hoch erhobenem Schwanz los.
Noch bevor die Sonne unterging, erreichten sie die Quelle der Urft, wo sie die Nacht verbrachten. Nichts Außergewöhnliches passierte, obwohl der Wanderer damit gerechnet hatte.
Bei den ersten Sonnenstrahlen sprang die Katze auf, weckte den Wanderer, indem sie laut schnurrend um ihn herumschlich und ließ ihm keine Ruhe mehr. Der Wanderer stöhnte, reckte und streckte sich, und nachdem er sich an der Quelle erfrischt hatte, sprang die Katze voraus. Nach einigen Stunden kamen sie zu der dritten Quelle, die unter einem Haus inmitten des idyllischen Örtchens Blankenheim entspringt. Viele Touristen hatten in der Hoffnung auf Erfüllung ihres Wunsches ein Geldstück hinein geworfen. „Wirf auch eins hinein“, drängte die Katze, „dann kannst du dir etwas wünschen.“ „Ich habe kein Geld“, erklärte der Wanderer. Da drehte sich die Katze dreimal um sich selber, schüttelte sich, sperrte ihr Maul auf und sogleich fielen drei blitzblanke Silbermünzen klirrend zu Boden. „Nun nimm schon“, forderte sie den Wanderer auf, der wie gebannt dastand. Endlich bückte er sich, dachte kurz nach und warf die Silbermünzen durch das Gitter in die Quelle. „Wunderbar“, schnurrte die Katze, „aber denk daran, du darfst niemandem verraten, was du dir gewünscht hast.“ „Ich werde mich hüten

es weiter zu erzählen", versprach der Wanderer. Eine Weile schauten die beiden sich nun stillschweigend in die Augen, bis die Katze sprach: „Unsere gemeinsame Zeit ist nun vorbei und meine Aufgabe erfüllt. Ich werde dich jetzt verlassen." „Oh nein, bleibe bei mir!", rief der Wanderer erschrocken, denn er hatte sich so sehr an die Katze gewöhnt, dass er sich nicht vorstellen konnte, ohne sie weiter zu ziehen. „Gerne würde ich dich weiterhin begleiten", meinte die Katze, „aber es warten andere Aufgaben auf mich. Ich kann nicht länger bei dir bleiben." Damit sprang sie dem Wanderer noch einmal auf die Schulter, streichelte sanft mit ihren Samtpfoten seine Wange, stupste mit ihrer Schnauze an seine Nase und sprang davon. Der Wanderer schaute ihr mit dankbarem Herzen nach, bis sie nicht mehr zu sehen war.

Nach einer ganzen Weile machte er sich auf und schlenderte mehrere Stunden durch den romantischen Ort. Zur Mittagszeit kam er zu einer steilen Treppe, die ihn hinauf in einen kleinen Wald führte. Unter einem Nadelbaum stand eine schwangere Frau mit ihrem kleinen Kind und der Wanderer hörte, wie das Kind fragte: „Mutter, bin ich auch hier geboren worden?" Der Wanderer ging interessiert auf die beiden zu, die ein wenig erschraken, denn sie hatten ihn nicht bemerkt. „Entschuldigung", sagte der Wanderer, „ich wollte euch nicht erschrecken, aber ich habe zufällig gehört, was das kleine Mädchen fragte und ich muss zugeben, dass ich sehr neugierig geworden bin." Die Wangen der Frau röteten sich, offenbar war es ihr peinlich. Das kleine Mädchen jedoch plapperte drauf los und so erfuhr der Wanderer, dass in vielen Generationen zuvor eine Frau ihr Kind unter genau dieser Tanne - oder war es eine Eibe? - zur Welt gebracht hatte. Der Wanderer bat nun darum, dass sie ihm die ganze Geschichte erzählen sollten und die Frau, die Vertrauen geschöpft hatte, erfüllte nur allzu gerne seinen Wunsch und erzählte:

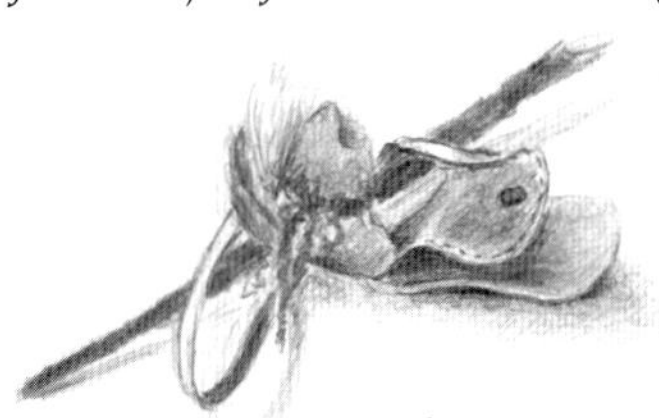

Tannenbäumlein

Es war einmal eine schwangere Frau, die sehnsüchtig ihr Kind erwartete. Jeden Tag ging sie im Wald spazieren und ihr Weg führte stets an einer alten Tanne vorbei, die sie über alles liebte. „Hier“, so dachte sie, „soll mein Kindlein geboren werden.“ Und so geschah es auch. Als es an der Zeit war, ging sie zu der Tanne und lehnte sich an ihren Stamm. Da neigte der Baum seine Zweige herab, umhüllte die Gebärende sanft und schaukelte sie hin und her. Dabei summte der Wind leise ein Lied durch die Nadeln des Baumes.

So geborgen und beschützt brachte die Frau ihr Kind zur Welt. Es war ein wunderschöner Knabe. Doch anstelle eines Armes war ihm ein Tannenzweig gewachsen. Sie nannte den Knaben zum Dank an den Baum „Tannenbäumlein.“ Der Junge wuchs heran und ward ein schöner junger Mann. Um seinen Tannenzweig hatte er stets ein Tuch gebunden.
Eines Tages ging er zu seiner Mutter und sprach: „Mutter, ich bin nun groß genug und will hinaus in die Welt. Bitte, gib mir deinen Segen.“ Die Mutter sah, dass es an der Zeit war, segnete ihren Sohn und reichte ihm einen Beutel mit Brot, Kuchen und einer Flasche Wasser. Sie sprach: „Finde dein Glück, mein lieber Sohn.“ Tannenbäumlein umarmte seine Mutter und machte sich auf den Weg. Als er schon eine Zeitlang gegangen war, kam er zu einem Bäcker und wollte in seinen Dienst treten. Dieser fragte ihn, was denn mit seinem Arm sei. „Ich habe mich verletzt“, antwortete Tannenbäumlein, „es ist weiter nicht schlimm.“ „Aber mit einer Hand kannst du keinen Teig kneten“, meinte der Bäcker. „Ich kann mit einer Hand so gut kneten wie ein anderer mit zwei; du wirst schon sehen“,

sagte der Jüngling. „Also gut, wir wollen es miteinander versuchen", meinte der Bäcker. Tannenbäumlein begab sich also in seinen Dienst und stellte die leckersten Torten her, die man sich nur vorstellen kann.
Der Bäcker aber hatte eine Tochter, die dachte sich: „Das geht nicht mit rechten Dingen zu. Ich will doch einmal sehen, was es mit dem Arm auf sich hat." So schlich sie eines Abends hinter Tannenbäumlein her, der in seine Kammer ging. Hier wickelte er das Tuch ab und streichelte seinen Tannenzweigarm. Dies tat er so liebevoll, dass das ganze Zimmer in hellem Glanz erstrahlte.
Die Tochter, die alles durchs Schlüsselloch beobachtet hatte, lief zum Vater und erzählte ihm davon. Am nächsten Morgen sprach der Bäcker zu Tannenbäumlein: „Mach, dass du deiner Wege gehst! Ein Taugenichts mit nur einem ordentlichen Arm soll nicht länger unter uns weilen!" Tannenbäumlein verabschiedete sich, war aber zufrieden, denn er hatte gut gelebt und eine schöne Zeit gehabt. Sein Weg führte ihn zu einem Müller. Er begab sich in seinen Dienst, obgleich der Müller Zweifel hatte, dass ein Jüngling mit nur einem gesunden Arm das Korn mahlen könnte. Bald aber merkte er, dass Tannenbäumlein seine Arbeit zu seiner vollsten Zufriedenheit verrichtete. Der Jüngling führte ein gutes Leben und es wäre sicherlich immer so weitergegangen, wenn nicht die Tochter des Müllers ihm eines Tages nachgeschlichen wäre und durchs Schlüsselloch geschaut hätte. So wurde Tannenbäumlein auch hier am nächsten Morgen fortgeschickt, denn mit einem Jüngling, der einen Tannenzweigarm hatte, wollte der Müller nichts zu tun haben. Zuletzt kam er zu einem Goldschmied, der sich überhaupt nicht vorstellen konnte, dass ein Mann mit nur einem gesunden Arm bei ihm arbeiten wollte – jedoch aus reiner Neugierde wollte er es mit ihm versuchen. Auch hier erfüllte Tannenbäumlein seine

Aufgaben aufs Beste, so dass er bleiben durfte, bis die Tochter des Goldschmiedes das Geheimnis aufdeckte. Und es kam, wie es kommen musste. Der Goldschmied jagte ihn noch am selben Tag aus dem Haus. Der Jüngling ging seiner Wege und geriet in ein ödes Land. Weit und breit war kein Haus zu sehen. Kein Mensch begegnete ihm. Er fühlte sich einsam und verlassen. Die Hitze quälte ihn. Bald wollten ihn seine Füße nicht mehr tragen. Erschöpft hielt er inne und setzte sich auf einen Stein. Und wie er da so saß und ganz zu sich selber kam, besann er sich seines Tannenzweiges und wickelte den Arm aus. Er streichelte ihn liebevoll und sogleich strömte eine unendliche Liebe durch ihn. Da bekam er wieder neuen Mut. Voller Freude erhob er sich und ging weiter. Es dauerte nicht lange und er kam in eine große Stadt, wo viele Menschen auf den Straßen und in den Gassen unterwegs waren. Wie sie den seltsamen Arm des Jünglings sahen, kamen sie auf ihn zu. Voller Verwunderung blieben sie vor ihm stehen. Da merkte Tannenbäumlein, dass er vergessen hatte seinen Zweig einzuwickeln. Aber er strahlte in einem solch glänzenden Licht, dass in den Menschen die Sehnsucht erwachte den Tannenzweig anzufassen. Der Jüngling, der dies wohl gemerkt hatte, sprach: „Kommt und habt teil." Zuerst kamen nur zwei, drei Menschen zögernd heran und streichelten vorsichtig seinen Arm. Doch nach und nach kamen immer mehr. Und jeder, der ihn berührte, ward erfüllt mit Liebe und Freude. Dem Jüngling aber wuchs mit jedem Streicheln der Arm ein wenig nach, so dass er bald einen Arm hatte wie jedermann. Es dauerte nicht lange, da verliebte er sich in die schönste Frau der Stadt und da sie ihm ebenfalls von Herzen zugetan war, gab es ein prächtiges Hochzeitsfest. Auch seine Mutter wurde eingeladen und wie freute sie sich, als sie ihren Sohn gesund und glücklich wieder sah. Und sie feierten wohl dreißig Tage und

Nächte. So wird es erzählt und so muss es gewesen sein.

„Und, ist deine Tochter unter dieser Tanne geboren worden?", wollte der Wanderer nun wissen. „Nein", antwortete die Frau, „wir kommen nur des Öfteren hierher und erinnern uns daran. Übrigens", fügte sie hinzu, „dieser Baum ist keine Tanne, sondern eine Eibe." „Aber warum nannte man damals das Kind Tannenbäumlein und nicht Eibchen?" „Das ist ein Geheimnis", sagte das Mädchen und hielt ihren Zeigefinger an die geschlossenen Lippen. „Aha, verstehe", meinte der Wanderer und fragte nicht weiter nach, obwohl er das Geheimnis allzu gern erfahren hätte. „Kommst du heute Abend auch zum Seenachtsfest?", fragte das Mädchen, als sie merkte, dass der Wanderer sich verabschieden wollte. Dieser schaute sie fragend an und da erklärte die Mutter, dass es an jedem ersten Wochenende im August ein Feuerwerk am Weiher gäbe und sie der Meinung sei, dass er es sich unbedingt anschauen müsse. Das Mädchen wurde plötzlich ganz aufgeregt und fragte, ob sie dem Wanderer noch das Märchen von dem Ungeheuer erzählen dürfe. Die Mutter nickte und da der Wanderer so gerne Märchen hörte, setzten sie sich unter die Eibe und das Mädchen begann:

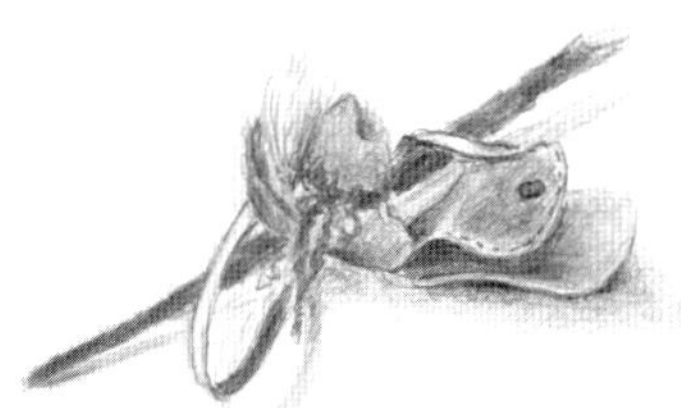

Das Ungeheuer vom Schlossweiher

Reges Treiben herrschte einst in den Gassen von Blankenheim. Händler boten ihre Waren feil, Straßenmusikanten spielten auf, Menschen scharten sich um Gaukler und Erzähler. Die Zuschauer waren von weither gekommen. Sie kamen gerne in den idyllischen, kleinen Ort an der Ahrquelle, um in die fröhliche Stimmung einzutauchen.

Hoch oben auf der Burg aber stand der Burgherr und beobachtete alles mit eisigen Blicken durch sein Fernrohr, das er eigens für diesen Zweck hatte anfertigen lassen. Ihm gefiel das lustige Treiben am Fuße seiner Burg nicht; war er doch selbst ein freudloser Mensch, dem die Fröhlichkeit und das Glück anderer ein Dorn im Auge war. So formten sich schon seit langem dunkle Gedanken in ihm, wuchsen, wurden stärker und bald verlor er die Kontrolle darüber und seine schwarzen Gedanken flogen hinunter und fegten durch die Gassen und in die Läden hinein. Ja, sie waren so machtvoll, dass sie die Gestalt eines Ungeheuers annahmen, das schwarz war wie die Nacht. Die Menschen schrien vor Schreck auf, ließen ihr Hab und Gut fallen, stoben auseinander und liefen davon. Das Ungeheuer, einmal dem Herrn entflogen, machte sich selbständig, kehrte nicht wieder zu ihm zurück, sondern fand sein Zuhause in dem nahe gelegenen Weiher.

Den Menschen saß der Schrecken so tief, dass sie sich auch nach Wochen nicht mehr in den Ort trauten. Nur wenige Mutige kamen zurück, um ihren Handel wieder aufzunehmen. Da jedoch die

Kunden ausblieben und die Miete sehr hoch war, mussten sie bald aufgeben. Die Läden standen von nun an leer, die Menschen verarmten zusehends und verloren alle Freude. Er hatte erreicht, was er wollte.

So war aus dem ehemals idyllischen, lebhaften kleinen Örtchen ein verlassener, öder Fleck geworden.

In dem Weiher aber lebte das Ungeheuer weiter. Keiner hatte es seit jenem Tag mehr gesehen, aber man spürte seine Anwesenheit. Die Menschen hatten sich angewöhnt nicht darüber zu sprechen. Es war ein ungeschriebenes Gesetz, an das sich jeder hielt. So vergingen die Jahre, nichts veränderte sich in Blankenheim. Die Läden sahen unansehnlich und heruntergekommen aus und die Straßen waren menschenleer.

Nach vielen Jahren kam eines Tages eine Märchenerzählerin in den Ort. Als sie durch die Gassen ging, gruselte es ihr. Angst und Schrecken hingen in der Luft. Die Läden standen, bis auf einige wenige, leer und sahen heruntergekommen aus. „Was ist hier geschehen?", fragte sie sich und wollte der Sache auf den Grund gehen. Endlich kehrte sie in einen Gasthof ein, um sich bei einer gut gekochten Suppe mit einem Stückchen Brot zu stärken. Auch hier spürte sie die Angst und den Schrecken an den Wänden kleben. Als sie den Gastwirt darauf ansprach, verfinsterte sich sein Gesicht. Er hielt den Finger des Stillschweigens vor den Mund und deutete ihr an, ihm zu folgen. Schweigend führte er sie in eine kleine Kammer und nachdem er sich nach allen Seiten hin vergewissert hatte, dass keiner ihnen gefolgt war, fing er an zu reden und sprach: „Nur in diesem Raum ist es mir erlaubt darüber zu sprechen. Höre mir nun gut zu. Im Weiher lebt ein Ungeheuer, das die Ursache dafür ist, dass unser Ort ausgestorben und leer ist. Es hat sich aus den dunklen Gedanken des Burgherrn geformt, der auf der

Burg in Hülle und Fülle lebt. Er ist so griesgrämig, dass er den Menschen hier im Ort keine Fröhlichkeit gönnt. So entflogen ihm seine dunklen Gedanken und formten sich zu diesem Ungeheuer. Es fegte durch die Gassen und Läden und verbreitete Angst und Schrecken. Kaum einer traut sich seit jenem Tag den Handel wieder aufzunehmen und diejenigen, die kommen, bleiben nicht lange. Keiner hat das Ungeheuer seitdem gesehen, aber alle wissen, dass es im Weiher lebt. Die Menschen glauben, dass es sich ruhig verhält, solange sie nicht darüber sprechen. Aber es brodelt und hält die Leute gefangen. Sie können nicht frei sein und wünschen sich nichts sehnlicher, als aus diesem Bann erlöst zu werden. Nun höre weiter: Vor einem Jahr ist uns geweissagt worden, dass eines Tages eine Märchenerzählerin kommen wird, die die Macht hat durch ihre Geschichten die Zukunft zu verändern." Mit großen Augen schaute der Gastwirt die Märchenerzählerin an. Diese schwieg, denn sie spürte die große Aufgabe, die vor ihr lag. Gleichzeitig freute sie sich und spürte das Verlangen diesem einst so schönen Ort zu helfen. „Ich bin eine Märchenerzählerin und werde sehen, was ich tun kann", sagte sie, bedankte sich beim Gastwirt und lief zum Schlossweiher hinunter. Hier setzte sie sich ins Gras und schaute auf das Wasser. Lange saß sie so da. Die Stunden vergingen und die Nacht brach herein. Die Märchenerzählerin saß da und rührte sich nicht. Sie starrte nur auf das Wasser. Die ersten Sonnenstrahlen kamen hervor und sie saß immer noch da. Die Tage vergingen und nichts weiter geschah. Endlich in der siebten Nacht, es war Neumond und die Sterne funkelten am Himmel, fing das Wasser des Weihers an zu brodeln und zu dampfen und ein unangenehmer Geruch stieg auf. Aus der Tiefe tauchten zwei dunkelrote Augen auf. Die Märchenerzählerin fürchtete sich nicht, da sie wusste, dass sie die Geschichte so lenken konnte, wie sie es wollte.

Die großen, roten Augen näherten sich und das Ungeheuer erhob sich in voller Größe, riss das Maul auf und schnappte zu. Das aber war es gerade gewesen, was die Märchenerzählerin gewollt hatte. Im Leib des Untiers angekommen, schwamm sie direkt zu seinem Herzen und lauschte. Sie vernahm, was sie schon längst vermutet hatte. Das Herz war angefüllt mit einem großen See voller Tränen. Einsamkeit und Traurigkeit wohnten hier. Sie wusste, was zu tun war und so begann sie dem traurigen Herzen des Monsters Märchen von der Liebe, von der bedingungslosen Liebe zu erzählen. Lange erzählte sie. Es müssen Wochen gewesen sein. Sie spürte, wie sein Herz weicher wurde, wie die Muskeln sich entspannten, wie Träne um Träne sich löste. Ihre Worte von der Liebe kamen allerdings nicht nur im Herzen des Untiers an, sondern auch in den Herzen der Menschen, auch in das Herz des Burgherrn. Die Menschen spürten die Veränderung. Ihre Herzen waren voller Liebe, so dass die Angst keinen Platz mehr darin fand. Sie liefen hinunter zum Schlossweiher. Auch der Burgherr kam mit seinem Gefolge. Bald war der Weiher ringsherum mit Menschen angefüllt und sie sahen das Ungeheuer, umarmt von der Märchenerzählerin, im Grase liegen. Der Burgherr ging auf beide zu. Da nahm die Märchenerzählerin seine Hand und legte sie dem Ungeheuer vorsichtig auf den Rücken. Noch im selben Augenblick stieg es auf in die Lüfte. Es knallte und zischte und viele bunte, funkelnde Sterne tanzten am Himmel, fügten sich zu einem himmlischen, göttlichen Wesen zusammen, einem Engel gleich und als guter Geist breitete es seine Schwingen über den Weiher und ganz Blankenheim aus. So geschah es und so wurde es von der Märchenerzählerin aufgeschrieben, und sobald es aufgeschrieben war, wurde es wahr und ganz Blankenheim erblühte. Händler zogen wieder in die Läden ein, Stühle und Tische wurden aufgestellt. Es wurde getanzt, gelacht und gesungen, wie einst vor vielen Jahren. Mitten unter den fröhlichen Menschen war oft der Burgherr zu sehen und er sang, tanzte und lachte am fröhlichsten. Und weil es wieder so schön in Blankenheim wurde und die Menschen den guten Geist spürten, strömen sie seit jenem Tag von weither, aus aller Welt in diesen Ort, um ein paar schöne Stunden oder auch Tage hier zu erleben, und sie sind jederzeit herzlich willkommen.

„Und du hast noch nie gesehen, wie schön der Weiher geschmückt ist, wenn es im August zischt und knallt und die Sterne vor Freude über die Erlösung am Himmel tanzen?“, wollte das Mädchen wissen. „Nein“, antwortete der Wanderer, „aber ich freue mich, dass ich gerade an diesem Tag hierher komme.“ „Na, dann wird es Zeit, dass du es einmal erlebst“, sagte das Mädchen, ergriff die Hand des Wanderers und zu dritt gingen sie hinunter zum Weiher.
Inzwischen fing es an zu dämmern und viele Menschen hatten sich schon am Weiher versammelt, auf dem sich bunte Lichter spiegelten. Es dauerte allerdings noch recht lange, bis das Feuerwerk begann. „Wie viele Menschen denken jetzt wohl an das Ungeheuer?“, fragte sich der Wanderer. In ihren Gesichtern konnte er nur Staunen und Freude erkennen. Auch das kleine Mädchen, das er auf seinen Arm genommen hatte, blickte entzückt zum Himmel hinauf. Als der letzte Stern verglüht war, ließ sie ihren Kopf auf seine Schulter sinken und schlief augenblicklich ein. Der Wanderer trug das Mädchen, begleitet von der Mutter, nach Hause und legte es vorsichtig in sein Bett. Die Frau bot ihm an bei ihnen zu übernachten, als sie erfuhr, dass er noch keine Unterkunft hatte. Allein der Wanderer lehnte ab, denn er wollte allzu gerne eine Nacht unter der Tanne, die eigentlich eine Eibe war, verbringen. Bevor er die Augen schloss, dachte er: „Ich liebe die Bäume und lausche so gerne ihren Märchen. Vielleicht erzählt die Eibe mir noch eins.“

Aber er war zu müde und fiel augenblicklich in einen tiefen Schlaf. Als er am nächsten Morgen erwachte, lag er nicht mehr unter einer Eibe, auch nicht unter einer Tanne, sondern auf einer Bank unter einer Linde. Verwirrt richtete er sich auf und schaute sich um. Er war nicht dort aufgewacht, wo er eingeschlafen war. „Wie bin ich hierher gekommen?“, fragte er sich. „Mein Freund, die Eibe, hat dich in der Nacht zu mir gebracht“, erklärte die Linde. Jetzt erinnerte sich der Wanderer daran, dass die Nacht recht unruhig gewesen war und dass er das Gefühl gehabt hatte hin und her geschaukelt zu werden. Und irgendetwas hatte die Eibe ihm im Traum zugeflüstert, überlegte er. Er schlug sich mit der Hand an die Stirn wie er es immer tat, wenn er sich an etwas zu erinnern versuchte. Und tatsächlich fiel es ihm wieder ein. „ Ich bringe dich zu meiner Freundin, der schönen Linde“, hatte sie gewispert. „Sie wird dir ein schönes Märchen erzählen.“ „Nun kannst du dich wieder erinnern“, mischte sich die Linde in seine Gedanken ein. „Dann kann ich mit meinem Märchen anfangen. Ich habe schon die ganze Zeit darauf gewartet, dass du aufwachst.“
Und die Linde begann:

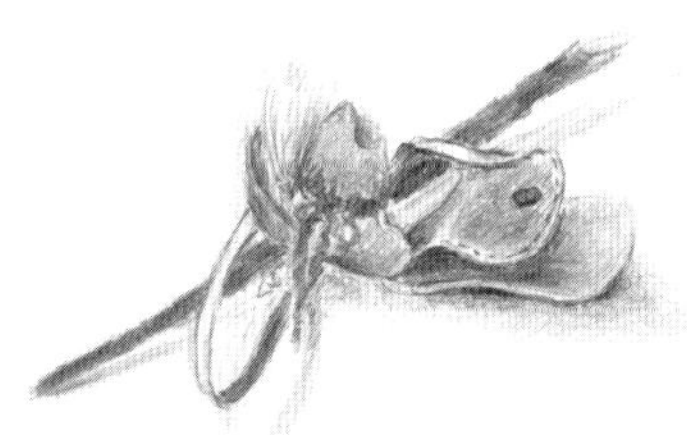

Krummbein

Es waren einmal ein Mann und eine Frau, die hatten sieben Kinder. Es waren sieben Mädchen und sie waren alle wohl geraten bis auf

eine, die Älteste. Von dem Vater ward sie gar nicht gern gesehen, da sie etwas krumm und klein gewachsen war.
Jeden Tag schickte der Vater das Mädchen, welches er Krummbein nannte, hinaus in den Wald Holz zu hacken. Er selbst saß daheim und trank.
Wenn Krummbein nach Hause kam, schalt der Vater seine Tochter, dass sie zu lange fort gewesen sei, obwohl Krummbein sich die allergrößte Mühe gab recht schnell ihre Arbeit zu verrichten.
„Mach Feuer, Krummbein“, sprach der Vater, „ich friere, und dann schau nach der Mutter, sie ist krank.“ Krummbein gehorchte und tat, was der Vater verlangte, denn sie dachte bei sich: „Eines Tages, wenn ich nur recht gehorsam bin, wird es besser gehen und der Vater wird wieder glücklich sein und auch mich lieben“. Und sie tat alles, um die Liebe ihres Vaters zu gewinnen. Sie kochte, wusch, hielt das Haus in Ordnung, pflegte die Mutter und ertrug alle Schläge und Beschimpfungen ihres Vaters.
Bald darauf starb die Mutter und es wurde noch kälter und dunkler im Haus. Krummbein bemühte sich immer mehr, ihren Vater glücklich zu machen und arbeitete von früh bis spät. Sie dachte: „Eines Tages wird er glücklich sein, ich bemühe mich nicht genug“. So ging es Tag für Tag, Woche für Woche, Jahr für Jahr.
Eines Tages, als Krummbein vom Holzhacken heim kam, stellte der Vater sich vor sie und sprach: „Gib mir dein Herz, Krummbein.“ Das Mädchen erschrak und sagte mit zittriger Stimme: „Aber wie kann ich dir mein Herz geben, das brauche ich doch selber.“ Doch der Vater forderte weiter: „Gib mir sofort dein Herz.“ Da dachte Krummbein: „Wenn ich ihm mein Herz gebe, vielleicht geht es ihm dann besser“, und so willigte sie ein und übergab ihm ihr Herz. Im selben Augenblick aber fiel sie wie tot zur Erde nieder. Der Vater nahm das Herz und verließ das Haus.

Kurz darauf kamen die sechs Schwestern heim. Sie waren wie jeden Tag bei der Großmutter gewesen. Als sie ihr liebes Schwesterlein auf dem Boden liegen sahen, erschraken sie sehr. Sie riefen es an, schüttelten es und hoben es hoch. Und als das jüngste Mädchen ihr Ohr auf das Herz der Schwester legen wollte, sah sie, dass anstelle des Herzens ein dunkler Fleck zu sehen war. „Sie hat kein Herz mehr!", schrie sie voller Verzweiflung, fing an zu jammern und zu weinen, und ihre Schwestern klagten mit. Wie groß war die Not. „Was können wir tun, wie können wir ihr helfen?", fragten sich die Mädchen. „Ohne Herz kann keiner leben." Und sie waren sich sicher, dass der Vater das Herz geraubt hatte. Die Jüngste aber fasste sich wieder und sprach: „Es muss noch eine Lösung geben. Ich werde zur alten Linde gehen, dort, wo unsere Schwester so gerne verweilte." Sie wusste, dass Krummbein oft bei der alten Linde gewesen war und ihr all ihren Kummer erzählt hatte. Ohne die Antwort ihrer Schwestern abzuwarten, lief sie los. „Liebe gute, alte Linde", sprach sie, „weißt du Rat? Wie können wir unserer lieben Schwester helfen?"
Ein leichter Windstoß huschte durch die Äste und sieben mal sieben Blätter fielen zur Erde nieder. Gleichzeitig ließ sich eine Raupe an einem endlos langen Faden vom Baum herab. Das Mädchen verstand die Botschaft der Linde. Sie sollte eine Decke für ihre Schwester nähen. Sogleich machte sie sich an die Arbeit, und noch ehe die Sonne unterging war die Decke fertig. Schnell eilte sie heim und hüllte die Schwester in diese ein. Die ganze Nacht blieben die Schwestern bei ihr sitzen, sangen Lieder und beteten und es schien ihnen, als sei sie noch lebendig.

Als die Sonne am nächsten Morgen ihre ersten Strahlen ins Zimmer schickte, hörten sie im Garten den Gesang eines Vogels. Sie

öffneten das Fenster und als sie sahen, dass eine Amsel ganz aufgeregt hin und her flog, dachten sie, dass sie ihr folgen sollten. Der Vogel flog voran bis zur alten Linde. Hier fanden sie den Vater, der das Herz ihrer Schwester in der Hand hielt, auf dem Boden liegen und schlafen. Verschmutzt und zerfurcht war es. Entsetzt schauten sie einander an und wussten nicht, was sie machen sollten. „Reinigt das Herz im großen See, dann wird es wieder frei", hörten sie plötzlich den Wind singen. Sofort nahmen sie das Herz, eilten zum nahe gelegenen See und tauchten es in sein klares Wasser, bis sie das Gefühl hatten, dass es ganz gereinigt war. „Legt das Herz nun in die Sonne, so werden die Wunden heilen", sprach das Wasser. Sofort folgten sie den Worten des Wassers und legten das Herz auf einen Stein, damit die Sonne es mit ihren warmen Strahlen durchströmen konnte. Und nun war ein Lichtspiel zu sehen, wie es zuvor noch keins gegeben hat. Es glitzerte, strahlte und funkelte in allen Farben dieser Erde. Und als das Herz vollkommen rein und von allen Wunden geheilt war, nahmen die Schwestern es behutsam in ihre Hände und eilten heim. Sie legten es an seinen rechtmäßigen Platz zurück. Im selben Augenblick schlug die Schwester ihre Augen auf und sprach: „Was ist geschehen?" Da erzählten sie ihr, dass ihr Herz, welches sie dem Vater gegeben habe, gereinigt und geheilt sei und sich nun wieder an seinem rechten Fleck befinde.

Daraufhin gingen alle sieben Schwestern zur alten Linde, fassten einander an den Händen und tanzten voller Freude im Kreis um den Baum herum und sangen ihm ein Loblied. Krummbein aber erhielt von der Linde einen neuen Namen und hieß von diesem Tag an Roselinde.

„Was ist aus dem Vater geworden?", fragte der Wanderer. „Ich weiß es

nicht", antwortete die Linde", „ich kann nichts tun. Ich darf erst handeln, wenn mich jemand bittet." „Und was wurde aus den Töchtern?", wollte der Wanderer weiter wissen. „Das sind sieben weitere Märchen", erklärte die Linde. „Oh, erzähle sie mir bitte", drängte der Wanderer. „Ich erzähle immer nur ein Märchen, damit es tief in dir arbeiten kann", sagte die Linde fest entschlossen und es war klar, dass sie nicht von ihrer Meinung abweichen würde. „Schade", sagte der Wanderer enttäuscht, „aber ich glaube du hast Recht, obwohl ich sehr neugierig bin." Da schlug die Linde vor, dass er sie noch einmal besuchen könne, um ein weiteres Märchen zu hören und der Wanderer versprach es. Daraufhin umarmte er die alte Linde, nahm ihre Kraft in sich auf und verabschiedete sich. „Bis zum nächsten Mal!", rief er ihr noch zu, als er schon über hundert Schritte von ihr entfernt war und sich noch einmal zu ihr umdrehte. Und die Linde bewegte ihre Äste hin und her, als wolle sie ihm zuwinken. Aus der Baumkrone aber stieg eine weiße Taube empor. Sie trug einen Brief im Schnabel und kam auf ihn zugeflogen. Den Brief ließ die Taube direkt vor die Füße des Wanderers fallen. Dieser hob ihn auf, öffnete ihn und zog einen Zettel hervor. Eine Landkarte war darauf abgebildet, die ihm offenbar den Weg zum nächsten geheimnisvollen Ereignis weisen sollte. Schnell fand er sich auf der Karte zurecht und folgte dem Weg, der eingezeichnet war. Was aber sah er nach einiger Zeit in der Ferne auf einer Bergkuppe? Ein großer Finger ragte in den Himmel hinauf und es war ihm, als wolle der Finger ihn mahnen. Er sah auf der Karte nach und erkannte, dass der Weg ihn direkt dorthin führte. Der Finger wirkte immer bedrohlicher, je mehr er sich der Bergkuppe näherte und er überlegte kurz, ob er einen anderen Weg einschlagen sollte. Allein die Neugier war stärker als sein Unbehagen.

Als der Wanderer am Fuße der Bergkuppe in der Siedlung, die sich Schlossthal nennt, angekommen war, fragte er sogleich den ersten Ein-

wohner, der ihm begegnete, was dieser Finger zu bedeuten habe und der Einwohner berichtete: „Vor zweihundert Jahren, als die Burg abgerissen wurde, blieben diese Steine, die die Form eines Fingers bilden, zufällig stehen. Es ist der ehemalige Ostturm der Anlage.“ „Ich glaube nicht, dass es Zufall war, dass die Steine so stehen blieben“, dachte der Wanderer, nachdem er sich beim Einwohner für die Auskunft bedankt hatte. „Vielleicht finde ich oben auf der ehemaligen Burganlage eine Bestätigung für meine Gefühle“, dachte er. Achtsam lief er über das Gelände und stellte sich das Leben zur Zeit der Ritter und Grafen vor. Ein herrlicher Ausblick bot sich ihm. So weit das Auge reichte waren nur Wälder, Felder und Wiesen zu sehen. Zuletzt ging er auf den Ostturm zu, wo er von einer magischen Energie umgeben wurde, und plötzlich vernahm er eine Stimme. Es war die Stimme Gottes, die ihm ein Märchen erzählte:

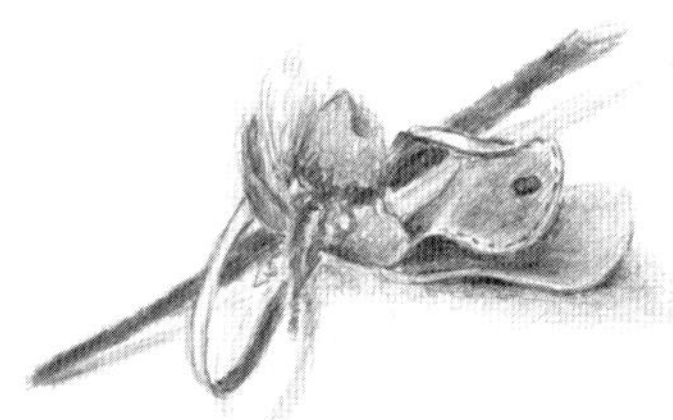

Der Finger Gottes

Auf einer Bergkuppe oberhalb der kleinsten Siedlung in der Eifel, umgeben von Wiesen und Wäldern, lebte vor Zeiten ein Graf in einer wunderschönen Burganlage. Schon viele Grafen hatten vor seiner Zeit hier gelebt, aber nun war die Reihe zu erben an ihn gekommen. Er war stolz auf seinen Besitz und immer, nachdem er von einer seiner Reisen heimkehrte und mit seiner Kutsche über die Holzbrücke fuhr, durchschritt er einmal sein ganzes Reich, ehe er sich zur Ruhe legte.

Einmal war der Graf recht lange ausgeblieben und kehrte erst um Mitternacht zurück. Er trug ein kleines Bündel bei sich, das er unter seinem Mantel versteckt hielt. Als er ausstieg, schaute er sich nach allen Seiten um, verschwand dann im Ostturm und kam ohne Bündel wieder heraus. Die Tür aber verschloss er mit drei Riegeln. Er schaute sich noch einmal um und atmete erleichtert auf, als er merkte, dass niemand ihn gesehen hatte.

Am nächsten Morgen verkündete der Graf, dass der Ostturm ab sofort verschlossen bliebe und für niemanden mehr zugänglich sei. Die Menschen waren betrübt, denn sie liebten den Aufenthalt im Ostturm, wo sie morgens den Sonnenaufgang beobachten konnten. Auch fragten sie sich nach dem Grund. Doch niemand wagte den Grafen darauf anzusprechen.

Es verging einige Zeit und bald hatten sich die Menschen daran gewöhnt und vergaßen den Ostturm sogar. So nahm auch keiner wahr, dass ein kleiner, goldener Vogel jeden Morgen den Turm verließ und am Abend wiederkehrte. Eines Tages verliebte sich der Graf in eine allerliebste Frau und wollte sie zu seiner Gemahlin machen. Und da sie ihn auch liebte, wurde bald das Datum ihrer Hochzeit festgelegt. Am Tage vor dem Feste führte der Graf seine Braut durch die Hofanlage, zeigte ihr jeden Winkel und jede Ecke und als sie zum Ostturm kamen und die zukünftige Gräfin hineinschauen wollte, sprach der Graf:

„Meine Liebe, alles kann ich dir zeigen und ich will dir jeden Wunsch von den Lippen ablesen, jedoch dieser Teil der Burg soll dir wie auch allen anderen verborgen bleiben, denn was deine Augen dort erblicken, darf dein Mund nicht aussprechen. Aber dein Mund

wird nicht stille stehen, wenn du hast hineingesehen. Dann aber wird es uns schlecht ergehen.“ Die Gräfin versprach es zu befolgen, aber die Neugierde wuchs in ihrem Inneren und endlich, als der Graf wieder einmal auf Reisen war, hielt sie es nicht länger aus. Sie nahm die Schlüssel, die sie unter dem Kopfkissen gefunden hatte, ging zum Ostturm und öffnete die Tür. Im selben Augenblick kam der goldene Vogel zum Fenster hereingeflogen und setzte sich in eine Wiege, die mitten im Raum stand. Die Gräfin ging hin und schaute hinein. Da sah sie ein kleines Bündel darin liegen. Es war ein winziges Menschenkind, ganz dünn und mager. Sogleich nahm sie es aus der Wiege und legte es an ihre Brust. Und wie es so in ihren Armen lag und sie ihm zu trinken gab, sah sie an seiner linken Hand fünf Finger und einen Daumen. Der fünfte Finger aber hatte die Form einer Vogelkralle und war so golden wie der Vogel, der in die Wiege geflogen war und den sie nun nicht mehr fand.
Nachdem sie das Kindlein gestillt hatte, deckte sie es liebevoll zu, verschloss die Tür dreimal sorgfältig und legte den Schlüssel an seinen gewohnten Platz. So ging sie nun jeden Abend zum Turm und nährte das Kind.
Als der Graf heimkehrte, merkte er zunächst nichts. Als er aber in der Nacht aufwachte und seine Frau nicht neben ihm im Bette lag und er auch den Schlüssel nicht fand, ahnte er was geschehen war. Er lief sogleich zum Ostturm und wie vermutet, fand er dort seine Frau. Sie saß neben der Wiege, stillte das Kind und streichelte seinen goldenen Finger. Dabei sang sie so lieblich, dass es ihm ganz warm ums Herz wurde. Als sie ihn erblickte, erschrak sie. Der Graf legte seine Hand auf ihre Schulter und sprach:
„Nun hast du es gesehen und es ist um uns geschehen.“ „Aber warum denn?“, fragte seine Frau. „Weil es nicht wie jedermann vier, sondern fünf Finger hat, der zumal noch aussieht wie eine Vogel-

kralle. Jeder wird denken, dass ich mit dem Teufel im Bunde sei“, klagte der Graf. „Wo kommt es denn her?“, wollte seine Frau wissen. Und er erzählte: „Ich fand es einst, als ich von einer Reise heimkehrte, nicht weit von hier am Wegesrand. Es tat mir Leid und ich nahm es mit. Unterwegs sah ich den fünften Finger und erschrak. Doch brachte ich es nicht fertig, es wieder an den Straßenrand zu legen, wo es hätte sterben müssen. So blieb mir nichts anderes übrig. Ich nahm es mit, obgleich ich die Ängste der Menschen fürchtete und sperrte es im Ostturm ein, wo niemand es sehen konnte.“ „Aber es wäre beinahe verhungert“, entsetzte sich die Gräfin. „Nein“, erwiderte der Mann, „denn am Tage wird es zum Vogel und kann sich so sein Futter suchen. Ich habe ihm das oberste Fenster geöffnet. Und nun wird es auch noch von dir in der Nacht gestillt“, sprach er liebevoll und nahm sie in die Arme. „Aber niemand darf es erfahren. Du hast dich doch noch keinem anvertraut, oder?“, wollte der Graf wissen. „Nein, nur der Martha habe ich es erzählt“, sagte die Gräfin, „aber die wird es gewiss nicht weitertragen.“

Am nächsten Morgen ließ der Graf die Martha kommen. Sie gestand, dass sie es nur der Frieda erzählt habe, die aber sehr vertrauensvoll sei. Als der Graf mit der Frieda sprach, hatte die sich nur der Linda anvertraut, die wiederum nur der Johanna. Als der Graf merkte, dass es schon alle erfahren hatten, sprach er: „Wenn es nun schon alle wissen, so kann das Vogelkind auch frei unter uns wohnen“, und er ging selbst hin und ließ es hinaus.

Wie er es befürchtet hatte, gab es einen großen Aufruhr, denn als die Burgbewohner sahen, dass alles wahr war, was sie gehört hatten, machte sich die Angst unter ihnen breit. Eine Schande sei es, mit fünf Fingern geboren zu sein, verstoßen müsse man es. Es sei ein Bund mit dem Teufel, den der Graf eingegangen sei lärmten die

Menschen aufgebracht. Der Graf stellte sich schützend vor seine Frau, die das Kind in den Armen hielt. Die Leute gaben keine Ruhe und riefen: „Gebt das schändliche Kind her, damit kein Unheil über uns kommt.“ Dann wollten sie sich auf die Gräfin stürzen und ihr das Kind aus den Armen reißen. In diesem Augenblick aber streckte das Kindlein seine linke Hand in die Höhe und der goldene Krallenfinger strahlte hoch in den Himmel hinein. Die Menschen schauten dem Strahl nach, wie durch ein Wunder öffneten sich ihre Herzen und sie hörten die Stimme Gottes, die sprach: „Nehmt mein Kind auf Erden an. Ich habe es auf die Erde gesandt, damit ihr meine Stimme besser hören könnt und den Weg zu mir findet. Das Kind hat sich zur Verfügung gestellt, den goldenen Finger zu tragen, der euch immer den rechten Weg zeigt.“ Die Menschen warfen sich zu Boden nieder und gaben Gott so zu verstehen, dass sie seinen Willen achteten und das Kindlein in Liebe und Dankbarkeit annehmen wollten.

Seit diesem Tag wuchs das Vogelkind in Freiheit auf und brauchte sich nicht mehr zu verstecken. Es erhielt für immer seine menschliche Gestalt. Nur der goldene Krallenfinger erinnerte noch an sein Vogeldasein.

Oft kamen die Menschen zu dem Kind, das zu einer wunderschönen Frau heranwuchs, und suchten Rat. Dann streckte die junge Frau ihren fünften Finger aus und der Ratsuchende vernahm die Worte Gottes.

Der Graf und die Gräfin waren überglücklich, dass alles so gut ausgegangen war. Seit jener Zeit gingen sie bis an ihr Lebensende jeden Tag zu der kleinen Kapelle, die in der Nähe auf dem Feld war und zündeten aus Dankbarkeit eine Kerze an.

„Es war also kein Zufall, dass die Steine in dieser Form stehen geblie-

ben sind", dachte der Wanderer. „Es ist ein Geschenk Gottes, eine Erinnerung an das Menschenkind mit dem goldenen Finger. So kann jeder, der einen Rat sucht, nach Schlossthal zur ehemaligen Burganlage kommen und die Worte Gottes vernehmen, die ihm den Weg weisen." Der Wanderer war tief beeindruckt und ließ die Bilder des Märchens noch eine ganze Weile in seinem Inneren wirken. Er spürte, wie lebendig sie sich in ihm bewegten. Als sie zur Ruhe kamen, stand er auf und verneigte sich. „Unbedingt muss ich noch zu dieser Kapelle", dachte er, und es dauerte nicht lange und er fand sie mitten auf dem Feld. Er kehrte ein und zündete eine Kerze an. Nun erst merkte er, wie erschöpft er war und bald darauf fielen ihm die Augen zu, ohne dass er sich dagegen wehren konnte.
Als er am nächsten Morgen frisch und munter erwachte, lag ein weißes Schaf vor ihm auf dem Boden. Der Wanderer wunderte sich, wie das Schaf in die Kapelle gekommen war. „Wo ist deine Herde?", fragte er. Das Schaf stand auf, blökte und lief zur Tür hinaus und der Wanderer merkte, dass das Tier sich nicht verlaufen hatte, sondern nur ein neuer Wegweiser für ihn war. Es führte den Wanderer zu einer Landschaft, die ihn auf Anhieb begeisterte und ganz anders aussah als alles, was er bis dahin gesehen hatte. Zahlreiche spitze Bäume ragten stolz auf einer grünen Grasfläche empor. Der Wanderer spürte die besondere Stimmung, die von diesem Gebiet ausging, und als sich bald darauf Nebelschleier über die Erde legten, wurde es noch geheimnisvoller um ihn herum. Der Wanderer spürte, dass er bald ein weiteres Märchen hören würde, und so setzte er sich an einen der spitzen Bäume und wartete gespannt. Das Schaf legte sich zu ihm. Gleich darauf erschien ein Hirte mit einer Schafherde. „Ah, da bist du ja", sagte er zu dem Schaf, das beim Wanderer lag, „und du hast den Wanderer gefunden und hierher gebracht. Das hast du gut gemacht", lobte er das Schaf und streichelte ihm über den Rücken. Daraufhin ließ der

Hirte sich neben dem Wanderer nieder und wie erwartet erzählte er ein Märchen:

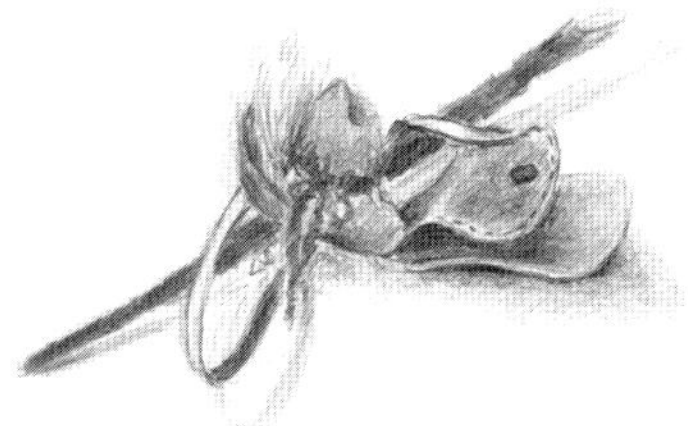

Die Wacholdrier

Zu der Zeit, als die Menschen die Urwälder in der Eifel abholzten und es noch mehr Schafe als Menschen gab, lebte ein Hirte, der eine wunderschöne Schafherde hatte. Der Hirte liebte seine Schafe sehr. Jedes Tier hatte seinen eigenen Namen und er selbst hieß Lambert. In der Nacht drängten sich alle Schafe um ihn, so dass er warm und weich schlief. Am Tage ließ er seine Tiere auf den gerodeten Flächen weiden. Dort fraßen sie sich satt, bis die Wiesen kahl und leer waren und kein Kräutlein mehr darauf wuchs. Die Landschaft sah bald öde und langweilig aus.
Nun lebte seit Urzeiten in diesem Gebiet, das man Lampertstal nennt, das kleine Volk der Wacholdrier. Ein stachliges Völklein war das, spitz und hoch gewachsen. So beschrieb man sie zumindest, denn gesehen hatten sie bisher nur wenige Menschen. In nebligen Nächten waren sie beobachtet worden. Diesem Völklein nun gefiel es gar nicht, dass die Landschaft so kahl und leer gefressen war. So beschlossen sie dem Treiben der Schafe ein Ende zu setzen. Eines Nachts, als der Hirte inmitten seiner Schafe lag und ver-

träumt zum Himmel hinauf blickte, dachte er: „Welch ein wunderschönes Leben führe ich doch. Glücklich und zufrieden bin ich und ich habe alles, was ich mir nur wünschen kann“. Doch irgendwo in einer Ecke seines Herzens fehlte ihm etwas und er wusste nicht, was es war. Da erblickte er plötzlich ein hell strahlendes Licht am Himmel und je länger er hinschaute, desto deutlicher erkannte er ein goldenes Schaf in diesem Licht. Eine tiefe Sehnsucht erfüllte sein Herz. Nun hatte er schon so viele Schafe, die er über alles liebte. Sie waren aber nichts im Vergleich zu dem Schaf, das er da im Licht erblickte. „Ach“, dachte er, „meine ganze Herde würde ich für dieses Schaf hergeben“. Gleichzeitig erschrak er bei diesem Gedanken und bekam ein schlechtes Gewissen. Er schaute noch einmal auf seine Schafherde, seufzte tief und versuchte nun Herr über die Sehnsucht in seinem Herzen zu werden. Dann schlief er unruhig ein.

Er hatte noch gar nicht lange geschlafen, als ihn das Blöken seiner Schafe weckte. Ein dichter Nebel zog über die Wiesen und mit ihm erschienen dunkle Gestalten. Die Schafe bewegten sich unruhig hin und her, sprangen auf und fingen an durcheinander zu laufen. Der Hirte versuchte sie zusammenzuhalten und sie zu beruhigen, allein es war ihm nicht möglich. Erst als der Nebel sich zurückzog, beruhigten sich die Tiere wieder und legten sich hin. Wohl eine halbe Stunde hatte dieses Schauspiel gedauert und dem Hirten war ganz ängstlich zu Mute.

Am nächsten Morgen merkte er sofort, dass eines seiner Schafe verschwunden war. Nun plagten ihn seine Gedanken in der Nacht und er fühlte sich schuldig an dem Verschwinden des Schafes. Wie hatte er nur seine ganze Schafherde für ein Schaf hergeben wollen? Er schaute noch einmal nach, aber es gab keinen Zweifel, ein Schaf war verschwunden. Da fiel sein Blick auf einen spitzen, hoch ge-

wachsenen Strauch, der am Tage zuvor noch nicht da gewesen war. „Was war das für eine Nacht, wo ein Schaf verschwunden und ein Strauch erschienen war?“, dachte er. Plötzlich durchfuhr es ihn wie ein Blitz: „Die Wacholdrier!“
Er hatte von ihnen gehört, hatte aber nicht an sie geglaubt.
Nun wollte er in der nächsten Nacht Wache halten. Kaum aber hatte er sich zu seinen Schafen gelegt, erschien das Schaf wieder am Himmel. Er versuchte den Gedanken der letzen Nacht nicht noch einmal zu denken, aber was half es ihm. Die Sehnsucht war stärker und er hätte wirklich seine ganze Herde für dieses eine Schaf hergegeben. Er konnte sich nicht dagegen wehren, auch nicht gegen den Schlaf, der ihn nun überkam. In dieser Nacht merkte er nicht, dass der Nebel wieder über das Tal zog, die Schafe unruhig wurden und umherliefen. Erst am nächsten Morgen erkannte er, was in der Nacht geschehen war. Die Wacholdrier waren wieder da gewesen und hatten ein weiteres Schaf mitgenommen und ein zweiter Strauch stand auf der Wiese. Nun plagte ihn sein Gewissen noch mehr.
In der dritten Nacht wollte er erst gar nicht zum Himmel hinaufschauen, weil er fürchtete, dass sich die Sehnsucht wieder einstellen und er ein weiteres Schaf verlieren würde. Aber da fing das Schaf im Licht an zu sprechen und sagte: „Wenn du willst, komme ich zu dir herab.“ Der Hirte fürchtete seine Schafherde zu verlieren, wenn er der Sehnsucht nachgab und es fing an in ihm zu kämpfen. Es war ein schwerer Kampf, den er gegen sich selbst führte. Doch schließlich gewann die tiefe Sehnsucht nach dem Lichtschaf in ihm und er fiel erschöpft in einen tiefen Schlaf. Wiederum hüllte der Nebel das Tal ein und die Wacholdrier trieben ihr Unheil.
Diesmal aber waren am nächsten Morgen alle Schafe verschwun-

den und für jedes verlorene Schaf war ein Strauch gewachsen. Neben dem Hirten lag das Schaf aus dem Licht. Ganz golden leuchtete sein Fell und es war so schön, dass der Hirte seine Schafe bald vergaß.
Schnell hatte es sich herumgesprochen, dass ein goldenes Schaf beim Hirten Lambert wohnte. So dauerte es auch nicht lange, bis die ersten Menschen sich auf den Weg machten, um das goldene Schaf zu sehen. Und es wurde bewundert und bestaunt.

So ging es eine Zeitlang. Dem Hirten gefiel das wohl gut. Doch von Tag zu Tag kamen mehr Menschen und bald gab es keine einzige Stunde, wo nicht jemand das Schaf sehen wollte. Der Hirte wurde der Bewunderung überdrüssig. Zum ersten Mal nach langer Zeit dachte er an seine verlorenen Schafe und wünschte sich sein einfaches Leben zurück. Sein goldenes Schaf spürte seinen Kummer und als es merkte, dass es ihn nicht trösten konnte, wurde es sehr traurig. Es gab nur eine Möglichkeit, es musste zu den Wacholdriern und die Schafe finden. So wartete das Schaf auf eine neblige Nacht. Und die kam auch.
Der Hirte erschrak gewaltig, als er merkte, dass sein goldenes Schaf fort war. Sogleich zählte er die spitzen, grünen Sträucher und erkannte, was er befürchtet hatte. Ein weiterer Strauch war in der Nacht gewachsen. Verzweifelt lief er von einem Strauch zum anderen und wusste nicht, was er machen sollte. Stundenlang irrte er umher, bis er endlich erschöpft auf den Boden sank. Und nun wurde es ganz still um ihn. Einzelne Menschen kamen noch, um das Schaf aus dem Licht zu sehen, aber der Hirte sprach kein Wort mehr.
Ganz in der Stille angekommen hörte er das zarte Blöken eines Schafes, dann ein zweites, ein drittes und immer mehr. Er stand

auf, ging umher und merkte, dass aus jedem Strauch ein Blöken zu hören war. Er ging um einen Strauch herum und es kam ihm gar sonderlich vor. Er umkreiste noch einmal den Strauch, blieb stehen, schaute hinauf und hinunter, dann fielen ihm plötzlich die Früchte des Baumes auf. Klein, blau und unscheinbar. Und es war ihm so, als ob er sie pflücken sollte. Er folgte der Eingebung und drehte behutsam eine Beere heraus. Kaum war dies geschehen, zitterte und bebte der Baum und heraus kam eines seiner verlorenen Schafe. Wie groß war die Freude. Nun wusste er, was zu tun war. Er ging von Strauch zu Strauch und drehte aus jedem eine Beere heraus und erlöste so seine Schafe. Und als er zum letzten Strauch kam und die Beere herausdrehte, erschien eine wunderschöne junge Frau mit goldenen, lockigen Haaren. Sie sprach: „Sag jetzt bitte nichts, ich bin das verlorene Schaf aus dem Licht." Er sprach auch kein Wort. Er nahm sie in seine Arme und küsste sie. Seine Schafe versammelten sich um die beiden und blökten vor Glückseligkeit.

Von nun an hüteten sie gemeinsam die Schafe und hatten alles, was sie zu ihrem Glück brauchten.

„Hast du die Wacholdrier einmal gesehen?", fragte der Wanderer den Hirten. „Nein", gab er zur Antwort und zwinkerte mit dem Auge. „Die Wacholdrier hat nie wieder jemand gesehen. Vielleicht, weil sie in den Sträuchern leben. Die Menschen schienen das jedenfalls zu glauben, denn sie gaben den Sträuchern den Namen Wacholder."

Um die Sträucher machen die Schafe bis heute einen großen Bogen und rühren sie nicht an. Majestätisch wie Wachen stehen sie im Lampertstal und sind stolz darauf, mit ihrer Pracht die Landschaft zu verschönern und mit ihren Beeren den Menschen bei so manchem Übel zu helfen.

„Nimm dir ein paar Beeren mit", schlug der Hirte vor. „Wir Hirten machen jedes Jahr eine Wacholderkur. Das stärkt die Abwehrkräfte. Du wirst spüren, wie Kräfte in dir wachsen." Voller Ehrfurcht und vielleicht auch mit ein bisschen Angst löste der Wanderer einige Beeren aus den stacheligen Sträuchern und steckte eine in den Mund. Sehr würzig war der Geschmack der kleinen Beeren und der Wanderer nahm sich vor, seine Abwehrkräfte mit den Beeren zu stärken. „Sag", schlug der Hirte vor, „willst du nicht bis zum Wacholderfest bei mir und meiner Schafherde bleiben? Dann wirst du noch viele köstliche Dinge aus Wacholderbeeren kennen lernen." „Das hört sich gut an", meinte der Wanderer und freute sich, denn er hatte sich schon immer gewünscht am Leben eines Hirten teilzuhaben. So genoss er die Zeit, die er bei der Herde verbrachte. Am Tage beobachtete er die Schafe, wie sie Stück für Stück das Land abgrasten und des Nachts lag er inmitten der Tiere, die ihn mit ihrem weichen Fell wärmten. Einmal da war es ihm, als ob er ein goldenes Schaf in der Herde erblickte. „Das aber", dachte er, „bilde ich mir nur ein".

Bald nun wurde das Wacholderfest in dem schönen Örtchen Alendorf gefeiert. Es war Mitte August. Einheimische boten ihre Produkte feil und der Wanderer wurde von den Eifeler Hausfrauen zu Kasseler mit Wacholderkraut und Püree eingeladen. Auch kostete er einen Wacholderschinken und trank so manches Gläschen Schnaps aus den guten Beeren.

Am nächsten Morgen erging es ihm freilich nicht so gut, aber er wollte dennoch aufbrechen. „Der kalte Wind, der heute weht, wird mein Kopfweh mit sich fortnehmen", meinte der Wanderer und ging noch einmal von Schaf zu Schaf, um sich zu verabschieden. Zuletzt kam er zu dem Schaf, das ihn zur Herde gebracht hatte. Er streichelte ihm liebevoll über den Rücken und es legte vertrauensvoll den Kopf in seine Hände. Der Wanderer sprach: „Danke, dass du mich zur Herde geführt hast.

Ich werde dich und alle anderen Schafe vermissen.“ „Wir werden dich auch vermissen“, sagte der Hirte und alle Schafe blökten, um seine Worte zu unterstützen. Dann holte der Hirte ein kleines Bündel hervor und reichte es dem Wanderer mit den Worten: „Schon bald wird der Winter Einkehr halten, da wirst du dies hier wohl gebrauchen können.“ Der Wanderer nahm das Bündel entgegen und sah, dass es eine warme Schaffelljacke war. Er sprach: „Ich glaube, diese Jacke werde ich heute schon sehr gut gebrauchen können.“ Gleich zog er sie über, bedankte sich tief berührt beim Hirten und umarmte ihn. „Wo willst du nun hin?“, wollte der Hirte noch wissen und der Wanderer antwortete: „Ich weiß es noch nicht. Ich werde geleitet. Es taucht immer etwas auf, das mir den Weg weist, so wie eines deiner Schafe mich zu dir geführt hat.“ „Ja, so ist es und so wird es sein“, sprach der Hirte und nickte mit dem Kopf. Dann schenkte er ihm noch Gottes Segen und der Wanderer machte sich auf seinen Weg.

„Wie glücklich bin ich doch, dass ich soviel erleben darf, wenn der Abschied auch jedes Mal schmerzt“, dachte der Wanderer. „Ich liebe die Eifel und ihre Menschen.“

Insgeheim wartete er auf ein Zeichen, das ihm zeigte, wohin sein Weg führte, aber nichts dergleichen erkannte er. So blieb es auch in den nächsten Tagen und Wochen. Für den Wanderer war es ganz ungewohnt und er war etwas verunsichert. Schließlich aber entspannte er und ließ sich von der Schönheit des Herbstes entführen. Er lief hinter bunt gefärbten Blättern her, die vom Herbstwind durch die Luft gewirbelt wurden. Er erfreute sich an den leuchtend roten Beeren und genoss die Früchte, welche die Erde den Menschen schenkte.

Als es immer kälter wurde, musste er an den letzten Winter mit all seinen Erlebnissen denken. „Ob es wohl wieder so herrlich wird wie im letzten Jahr“, fragte er sich. Jedoch in diesem Jahr ließ der Schnee sich nicht blicken, obwohl schon bald Weihnachten war.

Es war, als hätte der Himmel alle Schneewolken verschlossen. Der Wanderer wurde ganz ungeduldig. Auch die Kinder schienen auf den Schnee zu warten, denn er sah, wie sie immer wieder mit sehnsüchtigen Blicken zum Himmel hinauf schauten. Eines Tages nun sagte er zu einem kleinen Jungen: „Na, ich glaube in diesem Jahr wird es nicht mehr schneien.“ „Natürlich wird der Schnee noch kommen“, antwortete der Junge mit einer solchen Sicherheit, dass der Wanderer staunte. „Was macht dich so sicher?“, wollte er wissen und der Junge antwortete: „Das Märchen, das mir meine Oma jedes Jahr erzählt. Komm mit zu uns, ich werde Großmutter bitten es zu erzählen.“ Gerne ging der Wanderer mit, denn er war froh nach dieser langen Zeit der Wanderung endlich wieder ein Märchen zu hören.

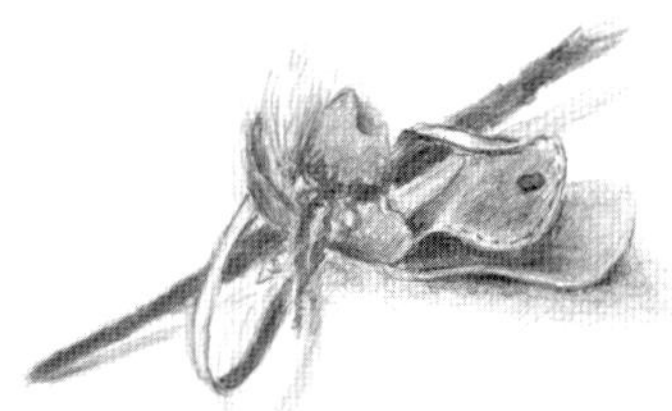

Weiße Weihnacht

Es war einmal mitten im Winter und keine Schneeflocke fiel vom Himmel herab. Selbst in der Eifel blieben die Felder braun und die Bäume kahl. Die Menschen hatten die Hoffnung auf weiße Weihnacht aufgegeben.
Nur ein kleines Mädchen glaubte noch fest daran. Sie saß am Fenster und schaute sehnsüchtig zum Himmel hinauf. Leise sprach sie vor sich hin: „Ich weiß, dass es in der heiligen Nacht schneien wird.“

Da blinzelte plötzlich aus einer Wolke ein kleiner, weißer Schneekristall hervor und fiel langsam schwebend zur Erde nieder. Das Mädchen rannte rasch hinaus und fing ihn auf. Staunend hielt sie den Schneekristall in ihren Händen und sprach: „Wie schön du bist, ich werde dich malen.“ Sie lief ins Haus und begann zu zeichnen. Und gerade als sie fertig war, löste sich der Schneekristall auf. Sie betrachtete ihr Werk und war sehr zufrieden. Es sah genauso aus wie der Kristall aus dem Himmel. Dann aber hatte sie eine Idee: „Ich werde Schneekristalle basteln und sie unter den Menschen verteilen. So werden sie sich an eine weiße Weihnacht erinnern, und wenn viele Menschen ihre Gedanken auf eine weiße Schneelandschaft richten, wird der Himmel ihren Wunsch erfüllen.“

Sogleich machte sie sich an die Arbeit. Sie wusste, je mehr Menschen einen Schneekristall erhielten, desto mehr Schnee würde der Himmel auf die Erde fallen lassen. Als das Mädchen mit ihrer Arbeit fertig war, machte sie sich auf den Weg die Schneekristalle unter den Menschen zu verteilen. Sie klopfte an jedes Haus, zuerst nur in ihrem eigenen Dorf, dann darüber hinaus in anderen Dörfern und schließlich sogar im ganzen Land.

Und tatsächlich, sobald die Menschen die Schneekristalle in ihren Händen hielten, fingen sie an sich zu erinnern. Bald saßen sie in den Stuben bei Kerzenschein am Kamin und erzählten sich von den schönen Weihnachtsfesten aus alten Zeiten, wie sie am Heiligen Abend durch tiefen Schnee zur Kirche gestapft waren. Schöne Bilder entstanden in ihren Köpfen von schneebedeckten Landschaften und von Bäumen, die aussahen, als hätte der Himmel sie mit Sahne besprüht. Die Leute lachten und waren froh und glücklich. Ihre Bilder und Erzählungen waren so schön und reichhaltig, dass der Himmel voller Freude in der Heiligen Nacht seine Wolken schüttelte und die Schneeflocken wie Federn auf die Erde nieder-

fielen. Die Menschen liefen voller Freude hinaus und tanzten mit den Schneeflocken und sie sagten sich: „So wollen wir es nun jedes Jahr machen.“
In einem kleinen Dorf aber in der Eifel, wo alles mit einem winzigen, weißen Schneekristall, nein, mit dem festen Glauben eines kleinen Menschenkindes angefangen hatte, stand ein Mädchen draußen im Schnee, schaute zum Himmel hinauf und sagte: „Danke.“
Seit jenem Tag heißt das Gebiet, in dem sich dieses zutrug, Schnee-Eifel.

„Ich bin also nun in der Schnee-Eifel“, stellte der Wanderer fest. „Ja, so ist es“, bestätigte die Großmutter, die am warmen Kaminofen Platz genommen hatte, um das Märchen zu erzählen. „Schon morgen werden die ersten Schneeflocken in diesem Winter ihren Weg zur Erde finden“, sagte sie mit fester Überzeugung. Und so geschah es. In der Nacht fiel so viel Schnee, dass die Kinder am nächsten Morgen jubelnd hinausliefen, um eine Schneeballschlacht zu machen. Der Wanderer schaute eine Weile dem Spiel der Kinder zu, entschloss sich dann aber aufzubrechen. Er wollte alleine durch die unberührte Schneelandschaft wandern und die Stille genießen. Nachdem er eine lange Strecke zurückgelegt hatte, schien auf einmal die Sonne so kräftig, dass der ganze Schnee blitzschnell schmolz. Blumen kamen aus der Erde hervor, Vögel zwitscherten und wie durch ein Wunder war es Frühling geworden. Veilchenduft stieg ihm in die Nase und er bückte sich, um das Blümchen zu suchen. Dabei verbrannte er sich an einer Brennnessel. Ärgerlich trat er mit dem Fuß danach und schalt: „Du garstig Kraut, du.“ „Ich bin kein garstig Kraut“, gab die Brennnessel zurück. „Wenn du meine Reinigungs- und Heilkraft kennen würdest, würdest du nicht nach mir treten und mich beschimpfen.“ „Was kannst du schon Be-

sonderes?", sagte der Wanderer, immer noch ein wenig verärgert. „Oh, ich bin ein wohlschmeckendes Gemüse, wenn man mich kocht. Ich enthalte sehr viele Nährstoffe, ich kann das Blut reinigen und der Saft meiner Wurzeln regt sogar den Haarwuchs an. Ich könnte dir noch stundenlang erzählen, wozu ich noch in der Lage bin. Wenn die Menschen mich nur richtig kennen würden. Ich würde ihnen so gerne helfen." „Und warum brennst du dann so fürchterlich, wenn man dich anfasst?", fragte der Wanderer und die Pflanze antwortete: „Ich möchte, dass die Menschen mich wahrnehmen. Weißt du, ich bin nicht gerade schön und hätte ich keine brennenden Nesseln, so würden sie mich bestimmt ausrotten." „Das leuchtet mir ein", sprach der Wanderer. „Ich habe aber noch eine hervorragende Eigenschaft, die allerdings in Vergessenheit geraten ist", sagte die Brennnessel stolz. „Wenn du magst, erzähle ich dir davon." „Nur zu", forderte der Wanderer auf und die Brennnessel begann voller Eifer:

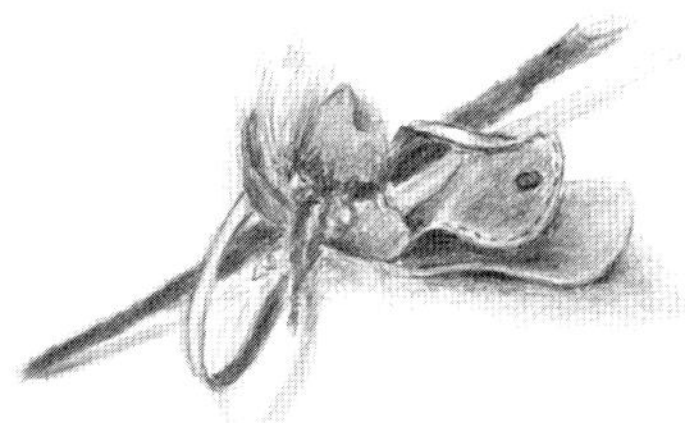

Die Brennnessel

Es war einmal eine Frau, die lebte allein mit ihren sieben Kindern in einer kleinen Hütte am Rande des Waldes. Sie waren sehr arm. Alles was sie besaßen war ein Schaf, das ihnen Milch zum Trinken und Wolle für Kleider schenkte. Als aber das Schaf alt war und starb, hatten sie weder Milch zum Trinken noch Wolle zum Weben. Bald waren auch die letzten Kleider, die sie trugen, mit Löchern übersät. Selbst das Garn zum Flicken fehlte. Die Kinder weinten vor Hunger und Kälte.

Da lief die Mutter zur Nachbarin, die eine große Schafherde hatte und im Überfluss lebte und flehte sie an: „Meine Kinder haben Hunger und frieren. Unser einziges Schaf ist gestorben. Bitte habt ein mitleidiges Herz und gebt uns ein Schaf. Ich will euch als Dank ein gutes Kleid nähen." Die Nachbarin aber hatte ein hartes Herz und schimpfte: „Scher dich weg, du Lumpenpack. Ich brauche deine Kleider nicht."

Sie lief zum nächsten Haus und bat und bettelte. Hier erging es ihr nicht viel besser. Sie wurde beschimpft und fortgejagt. Beim dritten und letzten Haus hatte sie auch kein Glück. Keine Menschenseele hatte ein mitfühlendes Herz und half ihr. So musste sie unverrichteter Dinge nach Hause gehen. Und da sie nicht wusste, was sie machen sollte, ging sie in ihren Garten und weinte bitterlich. Wie sie so weinte, sah sie auf die Brennnesseln, die in Hülle und Fülle in ihrem Garten lustig durcheinander wuchsen. „Ach", klagte sie, „gäbe es nur so viele Schafe wie Brennnesseln hier wachsen, dann hätte ich Wolle genug und die Not nähme ein Ende." Da sah sie im Gras eine grüne Schere liegen. Sie hob sie auf, nahm sie in die Hand, betrachtete sie von allein Seiten und dachte: „Das ist ein wunderliches Ding". Das Scherchen aber wollte schneiden, hüpfte ihr aus der Hand und schnitt - ritsch ratsch - alle Brennnesseln ringsum ab. Sogleich stiegen all die kleinen Elfen, die in den Brennnesseln gewohnt hatten, empor und machten sich an die Arbeit, das Kraut zu langen Fäden zu spinnen. Und wie flink sich ihre Hände bewegten. Es dauerte nicht lange, da waren alle Brennnesseln zu guter Wolle versponnen. Die Elfen tanzten vor Freude und sangen: „Diese Wolle sollst du weben und zu edlen Kleidern neu beleben.“ Dann verschwanden die kleinen Elfen und mit einem Herzen voller Dankbarkeit lief die Frau geschwind ins Haus hinein. Das Scherchen lief hinter ihr her und rief: „Nimm mich mit, nimm mich mit, bin dein Scherchen nun für immer.“ Im Hause hüpfte es der Frau auf den Schoß, die sogleich mit dem Weben begann. Sie webte die ganze Nacht hindurch und noch bevor die Sonne aufgegangen war, hatte sie für jedes Kind ein glänzendes Kleid genäht. Wie freuten sich da die Kinder und wie hübsch sahen sie darin aus. Nun wollten sie wissen, woher die Mutter solch schöne Kleider bekommen hatte. Da wurde das Scherchen unruhig und zappelte, denn es wollte wieder neue Brennnesseln schneiden. Es rief: „Kommt mit in den Garten, wo die Brennnesseln uns erwarten“, und hüpfte davon. Alle liefen hinter dem Scherchen her und staunten, denn jetzt ging es – ritsch ratsch - und da waren alle Brennnesseln ab, die über Nacht gewachsen waren. Wieder erschienen die Elfen und mit ihren flinken Händen waren alle Brennnesseln im Nu zu feiner glänzender Wolle versponnen. Die Kinder staunten und diesmal halfen sie der Mutter beim Weben und Nähen, so dass sie schon bald mit der Arbeit fertig waren und wieder wunderschöne Kleider vor ihnen lagen. Nur das Kleinste, das Allerjüngste spielte die ganze Zeit mit dem Scherchen, bis es vor Erschöpfung einschlief.

Am nächsten Morgen weckte das Scherchen die Kinder und ihre Mutter schon früh mit seinem Zappeln, denn es konnte kaum erwarten in den Garten zu kommen, um die Brennnesseln zu schneiden. Nur gut, dass die Elfen so flink waren und jede Nacht viele neue Brennnesseln zum Leben erweckten. So freute sich das Scherchen und schnitt – ritsch ratsch - alle Brennnesseln ab. Und die Elfen zauberten sogleich feine glänzende Wolle daraus. Die Kinder

und die Mutter webten und nähten mit Begeisterung und das Jüngste spielte mit dem Scherchen.
So ging es viele Tage und nun hatten sie schon so viel Stoff, dass sie nicht nur Kleider für sich selbst nähen konnten, sondern noch Stoff übrig hatten, um ihn auf dem Markt zu verkaufen, und weil es ein guter Stoff war, kauften die Leute ihn gerne und zahlten einen hohen Preis dafür. So hatte die Not der Familie ein Ende, sie hatten schöne Kleider und genug zu essen.

Nach diesem Märchen verneigte sich der Wanderer tief vor der Pflanze und bat sie um Verzeihung. „Nie wieder", sagte er, „werde ich dein Kraut verachten und ich werde allen Menschen von deinen wunderbaren Eigenschaften berichten." „Das ist gut so", sprach die Brennnessel, „aber nun geh weiter deiner Wege, denn in Blankenheim wartet noch ein Märchen auf dich." „Aber in Blankenheim war ich doch schon", meinte der Wanderer verwundert. „Ich weiß", sagte die Brennnessel, „aber es gibt dort auf dem Froschberg einen besonderen Baum, der darauf wartet, dass du kommst." „Wie sieht der Baum aus und wie kann ich ihn erkennen?", wollte der Wanderer wissen. Die Brennnessel antwortete: „Du wirst es wissen, wenn du ihn siehst."
Voller Vertrauen machte sich der Wanderer auf in Richtung Blankenheim. Nach mehreren Stunden kam er zu einem wunderschönen Baum und erkannte ihn sogleich als den Baum, zu dem er geführt werden sollte. Es war eine Buche. Sie streckte aber nicht wie andere Buchen ihre Zweige zum Himmel hinauf, sondern neigte sie zur Erde. Vorsichtig tastete er sich durch eine kleine Öffnung im Blätterwerk und lehnte sich an den dicken Stamm des alten Baumes. Er spürte der Geborgenheit nach, die er empfand und wartete gespannt darauf, dass der Baum zu sprechen begann. Allein, der Baum blieb stumm. Nachdem der Wanderer lange Zeit gewartet hatte, forderte er den Baum endlich auf:

„Liebe Buche, erzähle mir ein Märchen, erzähle mir dein Märchen." In diesem Augenblick kam eine Familie mit zwei Kindern herbei und das Mädchen rief schon von weitem: „Mutter, ist das der Zauberbaum?". „Ja", antwortete die Mutter, „das ist er und ganz oben in einem Astloch ist ein Schatz versteckt." „Ist das wahr?", rief der Junge und schon wollte er den Baum hinaufklettern. Das Mädchen tat es ihm nach. Weit aber kamen sie nicht, denn die Mutter rief beide zurück und erklärte, dass der Schatz sich in unerreichbarer Höhe befinde und dass es viel zu gefährlich sei, dort hinauf zu klettern. „Schade", dachte der Wanderer als sie wieder fort waren, „nun bleibt es ein Geheimnis um welchen Schatz es sich handelt". Dann lehnte er sich an den Stamm und bat: „Bitte, liebe Buche, sage mir, warum du deine Zweige zur Erde neigst." Endlich hub der Baum an und erzählte:

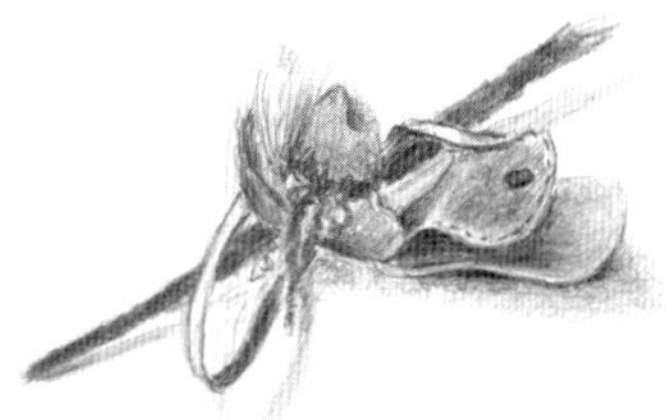

Der Schutzbaum der Liebe

Einst, als ich noch jung war und meine Zweige wie jeder andere Baum in die Höhe streckte, kam ein junger Bursche des Weges und setzte sich zu mir. Er sah sehr traurig und betrübt aus und so fragte ich ihn: „Junger Bursche, was ist mit dir, warum bist du so traurig? Die Sonne scheint und du bist jung.“ „Ach“, antwortete der junge Bursche, „es ist nur, ich wandere nun schon ein Jahr durch die Welt, um eine Braut zu finden. Ich habe viele schöne Frauen gesehen, aber keine ist darunter, die mein Herz anrührt.“ „Wie soll deine Braut sein und wie soll sie aussehen?“, fragte ich. Der Bursche schwieg, darüber hatte er noch nie nachgedacht. Ich wartete geduldig. „Ich weiß es nicht“, sagte er nach einer ganzen Weile. „Aber, wie willst du denn jemanden finden, von dem du noch nicht einmal weißt, wie er sein und aussehen soll?“, wollte ich wissen. „Du hast Recht“, sagte der Bursche nachdenklich. „Na, dann denke doch einmal darüber nach“, forderte ich ihn auf. „Ich will dir dabei helfen.“ Im selben Augenblick ergriff ich ihn mit einen meiner Äste, hob ihn in die Höhe und ließ ihn in meiner Krone nieder. „Hier oben lässt es sich schön träumen, schließe deine Augen und spüre die Sehnsucht und den Wunsch nach einer Braut in deinem Herzen.“ Alsbald schloss der Jüngling seine Augen und ich nahm ihn mit auf die Reise in das Reich seiner tiefsten Sehnsüchte. Und hier sah er sie, die Frau seiner Träume. Liebreizend sah sie aus. Ihr Haar war schwarz wie das seine, ihre Augen funkelten wie zwei Smaragde. Ihre schwungvollen Hüften ließen sein Herz höher schlagen und dann spürte er den Strom ihrer Liebe, der zu ihm hinüberkam. Ein plötzlicher Windstoß holte ihn wieder zurück in die Wirklichkeit. „Und, weißt du jetzt, wie deine Braut sein soll?“, fragte ich. Der Bursche strahlte und sagte aus vollem Herzen: „Ja, jetzt weiß ich es.“ „So wirst du sie auch finden; es wird nicht mehr lange dauern“, versprach ich ihm. Der Bursche spürte ein merkwürdiges Kribbeln in seinem Bauch. Voller Freude erhob er sich, dankte mir für die Reise, auf die ich ihn mitgenommen hatte und lief davon. Kurz darauf kamen zwei junge Frauen und setzten sich zu mir. Sie

kicherten und flüsterten einander Geheimnisse zu. „Wie soll dein Liebster aussehen?“, fragte die Ältere der beiden. Die Jüngere lehnte sich an den Stamm, schaute sehnsüchtig hinauf zu mir und sprach: „Lieber Baum, wie soll mein Liebster sein?“ Da nahm ich sie wie zuvor den jungen Burschen mit einem Ast hoch, setzte sie in meine Krone und nahm sie mit in das Reich ihrer tiefsten Sehnsüchte. Ein schöner junger Mann kam auf sie zu. Sein Haar war schwarz wie das ihre und seine Augen strahlten in einem unergründlich tiefen Blau. Stark und kräftig schien er zu sein. Eine wohltuende Ruhe ging von ihm aus und sie fühlte sich geborgen und beschützt. Dann spürte sie den Strom der Liebe, der zu ihr kam.
Mit einem tiefen Seufzer kam sie wieder in die Wirklichkeit zurück. „Und“, fragte die Freundin erneut, „wie soll er sein, dein Liebster?“ Da erzählte die junge Frau, was sie gesehen hatte. „Einen solchen Mann gibt es nicht“, meinte die Freundin. Nun schaltete ich mich ein und sprach: „Und ob es ihn gibt, du wirst ihn schon bald finden.“ Da wurde die junge Frau ganz aufgeregt, fing an zu tanzen und rief: „Ich habe ihn gefunden, ich habe ihn gefunden, weil dies ein Wunschbaum ist!“ „Du bist von Sinnen“, rief die Freundin ihr zu. Sie ließ sich aber nicht beirren, tanzte weiter und rief immerzu: „Ich habe ihn gefunden, ich habe ihn gefunden, weil dies ein Wunschbaum ist!“ Endlich konnte ihre Freundin nicht anders und fing auch an zu tanzen. So tanzten sie, bis sie ganz erschöpft waren und dann liefen sie lachend davon. „Danke, danke, lieber Baum!“, riefen die beiden Freundinnen. Ich schaute ihnen glücklich hinterher.
Am nächsten Tag wurde im Dorf ein Fest gefeiert. Der Bursche und die junge Frau waren auch gekommen. Zuerst sahen sie einander nicht. Als aber zum Tanze aufgespielt wurde, sah er sie, die

Frau seiner Sehnsüchte. Auch sie erkannte ihn. Sie gingen aufeinander zu und sprachen kein Wort, aber sie tanzten den ganzen Abend miteinander. Keinen einzigen Tanz ließen sie aus. Als das Fest zu Ende war, legte er den Arm um sie und geleitete sie nach Hause. Hier erzählten sie einander von den Erlebnissen unter dem Wunschbaum und sie freuten sich sehr, als sie merkten, dass ihre Träume zueinander passten. Er beugte sich zu ihr herab und wollte sie küssen. Sie aber sprach: „Nein, das erste Mal wollen wir uns unter dem Wunschbaum küssen." Sie versprachen einander, am nächsten Abend zu mir zu kommen.

Es fing schon an zu dämmern, als sie Hand in Hand über die Wiese liefen. Und als sie sich bei mir küssten, konnte ich nicht anders und neigte meine Äste so tief herab, wie ich nur konnte, denn diese junge und reine Liebe wollte ich für immer beschützen. Die Sterne funkelten durch mein Blätterwerk und ich formte daraus goldene Kugeln. „Die Sterne sehen heute so anders aus", flüsterte sie. „Ja, das ist mir auch schon aufgefallen. Sie sehen aus wie goldene Kugeln", erwiderte er. „Wollen wir gemeinsam die goldenen Kugeln pflücken und sie zu einer langen, schönen Kette der Ehe aufreihen?", fragte der junge Bursche und sie antwortete: „Nichts wünsche ich mir lieber. Lass uns gleich damit anfangen." „Aber zuerst wollen wir Hochzeit feiern, denn alle sollen wissen, dass wir zusammengehören", sagte er. „Und das Fest soll hier unter diesem Baum sein."

So geschah es. Bald wurde Hochzeit gefeiert. Es wurde ein Fest der Liebe und Freude. Die Menschen erzählen noch heute davon. Oft kamen die beiden zu mir und ich teilte mit ihnen Freud und Leid. Jedes Mal, wenn sich ihr Festtag jährte, pflückten sie eine goldene Kugel der Ehe, die da heißen:

Liebe, Treue, Mut, Verständnis, Geduld, Freiheit, Kraft, Gesundheit, Ehrlichkeit, Weisheit, Zusammenhalt, Ausdauer, Offenheit,

Frieden, Ruhe, Fröhlichkeit, Wahrheit, Rücksichtnahme, Freude, Leichtigkeit, Harmonie, Wärme, Romantik, Anerkennung, Zuwendung, Hingabe, Klarheit, Nachgiebigkeit, Glück, Fürsorge, Vertrauen, Lachen, Demut, Feinfühligkeit, Begeisterung, Neugierde, Zärtlichkeit, Fleiss, Großzügigkeit, Zuhören, Zuversicht, Spaß und Schönheit.

„So wurde ich zum Schutzbaum der jungen Liebe. Wer zu mir kommt und mich bittet, den trage ich in das Reich der Sehnsüchte, und wer den Wunsch erst einmal erkannt hat, wird nicht mehr lange auf seine Erfüllung warten müssen. Hast du auch einen Wunsch, Wanderer?“, fragte der Baum. Der Wanderer dachte einen Augenblick nach und antwortete: „Oh, ja. Ich habe so viele schöne Geschichten in der Eifel erlebt. Ich wünsche mir, dass viele Menschen davon erfahren.“ Dann schloss er seine Augen und der Baum trug ihn fort ins Reich seiner Sehnsüchte. Hier sah er ein Buch mit dem Titel „Eifelmärchen“. Und er sah, wie diese Märchen an den verschiedenen Orten ihres Geschehens erzählt wurden.
„Eines muss ich dir noch erzählen, bevor du weiterziehst, Wanderer“, sprach der Baum, als der Wanderer von seiner Traumreise zurückgekehrt war. „Im letzten Jahr ist etwas Wunderbares geschehen. Ich trug zum ersten Mal in meinem Leben Früchte. Du kennst sie, es sind die schönen Bucheckern. Meine treuen Freunde, die Menschen, nahmen ein paar meiner Früchte und pflanzten sie nicht weit von mir ein. Ich gab jedem die Kraft seine Äste nach unten zu neigen. Nun sind sie schon ein Meter groß und bald können sie mir helfen, denn nach diesem Märchen werden noch mehr Menschen mit einem Wunsch im Herzen zu mir kommen.“ „Und ich werde auch kommen“, sprach der Wanderer, „und dann können mir deine Nachkömmlinge sicherlich auch schon ein Märchen erzählen.“ Hierauf bedankte er sich von gan-

zem Herzen für alles Erlebte, er verneigte sich und ging weiter seiner Wege.
Was ihm weiter begegnet ist, wirst du ein anderes Mal erfahren.

mit freundlicher Unterstützung der:

VR-Bank Nordeifel eG

mit der Eifel verwachsen!

Anmerkungen zu den Märchen:

Eifelgold

Im Mai und Juni schmückt sich die Eifel mit den goldgelben Blüten des Ginsters. Zu empfehlen ist unter anderem eine Wanderung über die Dreiborner Hochfläche.

Das Wiegenglöckchen

Heute darfst Du nicht mehr über die mit Osterglocken übersäten Wiesen laufen, aber Du kannst die Schönheit der leuchtend gelben Blumen vom Wegesrand her bewundern, und wenn Du zum Osterfest einen Spaziergang im Perlbachtal machst, siehst Du vielleicht nicht nur den wunderschönen Bach, der sich aus den Tränen des Jünglings geformt hat, sondern hörst auch die Glöckchen der gelben Narzissen erklingen.

Das Tuch in der goldenen Schüssel

„Auf den Heiden rings um Monschau weideten große Schafherden, die lange Zeit die Wolle für die Tuchmacher lieferten. Dann wurde aber die feinere Merinowolle aus Spanien viel beliebter. Die Eifeler Wolle wurde kaum mehr benötigt. Der Versuch, Merinoschafe in der Eifel heimisch zu machen, misslang.“ [2]

Die Moormumpfe

Wenn Du im Herbst über die Holzstege im Hohen Venn wanderst, kannst Du der besonderen und geheimnisvollen Stimmung des Märchens nachspüren. Auch die Grasbüschel werden Dir zuwinken.

Federleicht und Kürbisschwer

Im Herbst, meistens Ende September, kannst Du beim Kürbisfest in Kommern die vielfältigen Kürbisse bewundern.

Der Weinflüsterer

An allen Wochenenden im Oktober wird in Mayschoß das traditionelle Weinfest gebührend gefeiert.

Die erlöste Hexe

Bist Du mutig? Dann darfst Du in der Walpurgisnacht auf Burg Satzvey mit den Hexen tanzen. Am 1. Mai kannst Du den mittelalterlichen Hexenmarkt besuchen.

Der größte Maibaum

Es ist ein weitverbreiteter Brauch, dass junge Männer in der Nacht zum 1. Mai ihrer Angebeteten einen mit bunten Krepp-Papier-Bändern geschmückten Baum, meistens eine Birke, am Haus ihrer Angebeteten anbringen.

Die Nohne vom Wasserfall

Es ist ein atemberaubendes Erlebnis, wenn sich Dir plötzlich der Blick auf den Wasserfall Dreimühlen bei Üxheim/Ahütte auftut. Wegen seiner Einmaligkeit wurde der Wasserfall zum Naturdenkmal erklärt.

Die drei Blumen vom Aremberg

Wenn Du Dich auf den Weg nach Aremberg machst und den Berg hinaufsteigst, so kannst Du vor Ort empfinden, wie gewaltig die

Burganlage gewesen ist. Du wirst auch die goldenen Blumen an der Holztür des restaurierten Turmes erkennen. Der Name „Arenberg“ ist die ursprüngliche Schreibweise. Die Herzöge behielten dies bei, wohin gegen es bei Gemeinde und Pfarrrei heute „Aremberg“ heißt.

Die machtlose Königin

Den Eifeler Quellenpfad kannst Du in drei Tagen erkunden. Tagesetappen von ca. fünfundzwanzig Kilometern führen Dich von Quelle zu Quelle.

Tannenbäumlein

Den Baum, von dem in diesem Märchen die Rede ist, findest Du im kleinen Wäldchen des Tiergartentunnels von Blankenheim. Es ist eine Eibe, die ihre Zweige mit den Nadeln wie ein Dach beschützend über Dich hält, wenn Du Dich zu ihr setzt.

Das Ungeheuer vom Schlossweiher

Die Gemeinde Blankenheim lädt jedes Jahr am ersten Augustwochenende zum Seenachtsfest mit einem großartigen Feuerwerk ein.

Krummbein

Wenn Du von der B258 die K40 Richtung Freilingen fährst und am Weilerbach links in die Strasse einbiegst, wirst Du auf der Anhöhe die Linde finden. Eine Bank lädt Dich zum Verweilen ein. Hier kannst Du Deinen Blick in die Ferne schweifen lassen.

Der Finger Gottes

Es lohnt sich die Burgruine Dollendorf-Schloßthal bei Blankenheim zu besichtigen. Schon von weitem wirst Du den „Finger Gottes“ erkennen. Auch die kleine, hübsche Kapelle ganz in der Nähe an einem Kreuzweg zwischen Dollendorf und Schloßthal solltest Du besuchen.

Die Wacholdrier

Am zweiten Wochenende im August findet jedes Jahr in Alendorf ein Wacholderfest statt, das Du Dir nicht entgehen lassen solltest, denn hier kannst Du, wie der Wanderer, den wohlschmeckenden Wacholderschinken kosten und den Wacholderschnaps genießen.

Der Schutzbaum der Liebe

Die Hängebuche, von der dieses Märchen erzählt, ist ein geschütztes Naturdenkmal. Der Baum wurde wahrscheinlich vor ungefähr zweihundert Jahren auf ein Hügelgrab gepflanzt. Du findest die Buche am Rande des Seidenbachtals, ca. 200 Meter nach dem Abzweig der Landstraße K 70 auf die K 69 in Richtung Nonnenbach.

Quellenverzeichnis

(1) Gerold Rosenthal: Aremberg in Geschichte und Gegenwart-Verlag: Warlich Druck und Verlagsges.m.b.H.,5309 Meckenheim

(2) Heike Scheerer-Buchmeier und Melanie Merx: Erlebnis Eifel - Das Eifelbuch für die ganze Familie, J.P. Bachem Verlag

Danksagung

An dieser Stelle möchte ich gerne einen Korb gefüllt mit Dankesblüten an all die lieben Menschen verteilen, die mich unterstützt haben.
Die erste Blume des Dankes schenke ich meiner lieben Freundin Sonja, die immer und zu jeder Zeit mit offenem Herzen den neu geschöpften Märchen lauschte. Sie ließ die Märchen erstrahlen und nahm mir meine Zweifel.
Die nächste Dankesblume geht an Ernst, dem Verleger des Buches, der angeregt durch eines meiner Märchen, mir das Vertrauen schenkte ein Buch gefüllt mit Eifelmärchen zu schreiben.
Seine einzigartige Frau Petra erhält eine besonders leuchtende Blume für ihre stärkenden Energien und für die Korrektur meiner Schriften.
Allen lieben Teilnehmern/innen meiner Märchenbetrachtungsgruppe in Walberberg überreiche ich eine Blume der Dankbarkeit. Liebe Myriam, Marlies, Agathe, Hiltrud, Beatrix, Bärbel, Karin, Clara, Maria, Doris, Maike, Monika, Petra, Sabine, Rita, Ute, Sonja, Monika und lieber Udo, ich danke Euch für Eure liebvollen, unterstützenden Energien.
Ebenso schenke ich allen lieben Frauen meiner Märchenmeditationsgruppe in Blankenheim eine Dankesblume. Anke, Stephanie, Petra, Helga, Katja, Britta, Tanja, Angela und Renate, Ihr seid wunderbar.
In meinem Korb ist weiterhin eine Dankesblume für eine besondere Märchenfrau: Edeltraud, in Deiner Schreibwerkstatt fing es an zu fließen. Du hast mir den Weg zur Märchenquelle gezeigt.

Die nächste Blume geht an meine Märchenfreundin Sieglinde, mit der ich so gerne in die Märchenwelt reise und die mich durch ihre wohltuende, liebevolle Art unterstützt. Auch mit Angela genieße ich die Ausflüge in den Märchenwald. Liebe Märchenfreundin, es ist so schön mit Dir dort zu verweilen. Gestärkt kehre ich jedes Mal zurück und darum schenke ich Dir eine Blume aus meinem Korb.

Nun sehe ich fünf der schönsten Blumen für die wichtigsten Menschen in meinem Leben. Je eine Blume ist für meinen Vater und für meine Mutter, deren Liebe und schützende Hülle ich stets spüre, die mir viel Zeit zum Träumen ließen und die Liebe zum Märchen in mir weckten.

Meinem wunderbaren Mann überreiche ich in Dankbarkeit eine strahlend helle Blume. Lieber Arnd, Du hast dir viel Zeit genommen für die Erstkorrektur meiner Schriften und für all die kleinen Dinge, die meist unerwähnt bleiben. Es ist wundervoll, Dein Vertrauen in mich zu spüren.

Die letzten beiden der fünf Blumen gehen an meine einzigartigen Kinder, die ich über alles liebe. Ich danke Euch beiden, dass Ihr meine Arbeit schätzt und achtet.

Zum Schluss nehme ich die wunderschönste Blume aus meinen Korb und schenke sie in Demut und Dankbarkeit den himmlischen Wesen, die mich geführt und geleitet haben.

Dank sei der Märchenquelle

mit freundlicher Unterstützung der:

ene
energie nordeifel